SCM

Stiftung Christliche Medien

SCM ist ein Imprint der SCM Verlagsgruppe,
die zur Stiftung Christliche Medien gehört, einer gemeinnützigen
Stiftung, die sich für die Förderung und Verbreitung christlicher
Bücher, Zeitschriften, Filme und Musik einsetzt.

Max-Eyth-Straße 41 · 71088 Holzgerlingen
Internet: www.scm-verlag.de; E-Mail: info@scm-verlag.de

Umschlaggestaltung: Sybille Koschera, Stuttgart
Titelbild und Illustrationen: Elke Broska, Wiesbaden
Satz: Katrin Schäder, Velbert
Druck und Verarbeitung: Dimograf
Gedruckt in Polen
ISBN 978-3-417-28967-1
Bestell-Nr. 228.967

Daniel Kowalsky

Elke Broska (Illustration)

Käpten Sturm

Wettfahrt um den Thron von Zakis

Eine Geschichte zum Mitfiebern und Spurensuchen

SCM

Inhalt

Immer, wenn du dieses Zeichen siehst, kannst du deine Entdeckerlampe benutzen.

1. Ein geheimnisvoller Besucher

Es war mitten in der Nacht im Schmugglerhaus von Bodenwald. Käpten Sturm saß auf einem Schaukelstuhl am Kamin. Das flackernde Feuer warf einen hellen Schein auf sein Gesicht. Nachdenklich blickte Käpten Sturm auf den Brief, den er in der Hand hielt. Es kam ihm so vor, als ob irgendetwas darin fehlte. Aber was?

Mein lieber Freund,

seit Jahren bewahrst Du für mich eine versiegelte Schriftrolle auf. Nun ist die Zeit gekommen, dass ich sie wieder abholen muss. Darum werde ich Dich am Freitag kurz nach Mitternacht besuchen.

Aber bitte sei auf der Hut. Meine Feinde haben einen gefährlichen Agenten damit beauftragt, die Schriftrolle zu stehlen. Er ist sehr schlau und ein unbesiegbarer Kämpfer. Mach ihm auf keinen Fall die Tür auf, sonst ist alles verloren. Leider sieht mir dieser Agent zum Verwechseln ähnlich. Deshalb achte unbedingt auf meine Kleidung:

Wenn ich zu Dir komme, trage ich eine Jacke mit   Knöpfen. Ich habe einen   Zylinderhut auf dem Kopf. Der Hut ist mit dem Bild eines   Drachen geschmückt. Am Ringfinger meiner   Hand trage ich einen   Ring.

Herzliche Grüße
Dein alter Freund

Adam von Zakis

Käpten Sturm, der von allen seinen Freunden einfach nur *Boynen* genannt wurde, schaute auf die Uhr. Es war bereits nach Mitternacht. Sein Freund Adam würde wohl bald eintreffen. Leider hatte Käpten Sturm den Brief bisher nur überflogen und nicht genau gelesen. Und jetzt war er zu müde dazu. Aber er spürte, dass er etwas ganz Wichtiges übersehen hatte ... Kopfschüttelnd legte er den mit Feder und Tinte geschriebenen Brief beiseite.

In diesem Moment klopfte es laut an der Tür.

Käpten Sturm stand auf, ging zum Fenster und schaute hinaus.

Vor der Tür stand ein Mann, der wie sein Freund Adam aussah. Käpten Sturm wollte schon aufmachen. Doch dann fiel ihm wieder ein, was Adam geschrieben hatte: „Achte bitte auf meine Kleidung!“

Also schaute Käpten Sturm sich den Mann genauer an: Er trug eine rote Jacke mit silbernen Knöpfen. Er hatte einen grauen Zylinderhut auf dem Kopf, der mit dem Bild eines roten Drachen geschmückt war. Am Ringfinger seiner rechten Hand trug der Mann einen goldenen Ring.

Jetzt war Käpten Sturm sicher, dass es sein Freund Adam von Zakis sein musste. Alles stimmte mit dem überein, was er in dem Brief gelesen hatte. Käpten Sturm marschierte zur Tür, um dem nächtlichen Besucher zu öffnen.

Immer, wenn du auf einer Seite deine Entdeckerlampe brauchst, erkennst du das an diesem Zeichen:

Lies den Brief noch einmal und benutze deine Lampe dabei. Finde heraus, ob Käpten Sturm etwas übersehen hat!

2. Das Rätsel im Brief

Im Schmugglerhaus von Bodenwald wohnten außer Käpten Sturm noch drei andere Personen: Brummel und Seebär, zwei starke Matrosen, mit denen Käpten Sturm gut befreundet war. Und dann noch die elfjährige Zirkusartistin Safira Alminetti. Sie hatte mit Käpten Sturm und seiner Mannschaft bereits ein paar haarsträubende Abenteuer erlebt.

Safira hatte schon geschlafen, doch jetzt wachte sie plötzlich auf. War es das laute Schnarchen von Brummel und Seebär, das sie geweckt hatte? Die beiden waren einfach nicht zu überhören, nicht einmal durch die dicksten Wände hindurch. Aber daran hatte sich Safira längst gewöhnt, deshalb konnte das nicht der Grund dafür sein, dass sie aufgewacht war …

Rasch sprang sie aus dem Bett, lief zum Fenster und schaute in die Dunkelheit hinaus. Ihr Fenster lag direkt über der Haustür. Und dort unten sah Safira einen geheimnisvollen Fremden.

Wer kommt denn um diese Zeit zu Besuch?, überlegte sie stirnrunzelnd. Doch dann erinnerte sie sich: Käpten Sturm hatte am Vortag einen Brief erhalten. Neugierig, wie Safira war, hatte sie sich sofort erkundigt: „Was steht denn da drin?“

Anstatt ihre Frage zu beantworten, hatte Käpten Sturm grinsend erwidert: „Sei nicht so neugierig, Safira. Das geht dich gar nichts an.“ Dann hatte er den Brief in sein Zimmer gebracht und dieses abgeschlossen.

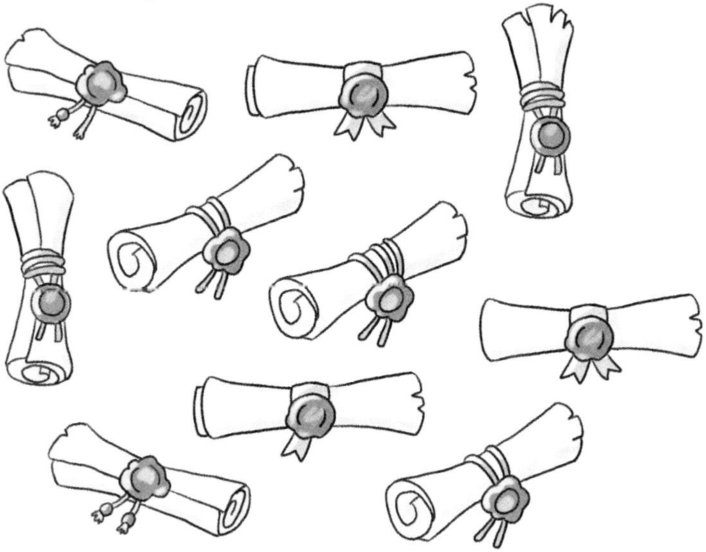

Welche zwei Briefe sehen genau gleich aus?

Natürlich wusste Käpten Sturm, dass für Safira so eine verschlossene Zimmertür überhaupt kein Hindernis war. Und Safira wusste, dass Käpten Sturm das wusste. Der Käpten hatte also gar nichts dagegen, dass sie den Brief las. Er wollte es ihr nur nicht zu leicht machen, sondern ihren Ehrgeiz wecken.

Das war ihm auch gelungen. Denn kurz darauf hatte Safira das Haus verlassen. Draußen war sie auf einen Baum geklettert und mit einem gewagten Sprung aufs Dach des Hauses gelangt. Vom Dach aus war sie dann durch ein geöffnetes Fenster in Käpten Sturms Zimmer geklettert. Und dort hatte sie gleich begonnen, den Brief zu lesen.

Aber was war das? Der Text hatte ja Lücken!

Nun, von einem früheren Abenteuer wusste Safira, dass sich in diesen Lücken Wörter befinden konnten, die mit unsichtbarer Tinte geschrieben waren. Zwar besaß Safira keine Entdeckerlampe, mit der sie so eine Geheimschrift erkennen konnte. Aber pfiffig, wie sie war, hatte sie eine andere Möglichkeit gefunden: Wenn man mit einer Feder und unsichtbarer Tinte auf

ein Papier schreibt, dann hinterlässt das Abdrücke auf dem Papier. Sie musste also nur ganz vorsichtig mit einem Stück Kohle über die betreffenden Stellen fahren, um alles zu sehen. Und tatsächlich war es Safira so gelungen, den vollständigen Inhalt des Briefes zu lesen.

Was sie jedoch nicht wusste: Nur sie allein kannte den ganzen Text, nicht aber Käpten Sturm. Der hatte sich nämlich hinterher über die Kohleflecken im Brief geärgert. Und ohne genau hinzuschauen, hatte er sie mit einem Lappen einfach wieder weggewischt.

Jetzt stand Safira also mitten in der Nacht an ihrem Zimmerfenster und starrte nach unten. Vor der Haustür befand sich ein asiatisch gekleideter Mann. Dieser Mann musste wohl Käpten Sturms Freund sein, der seinen Besuch angekündigt hatte. Doch weil Safira ein seltsames Gefühl hatte, musterte sie den Fremden ganz genau. Im hellen Mondschein konnte sie deutlich sehen, was er anhatte. Und plötzlich fuhr ihr ein solcher Schreck in die Glieder, dass sie entsetzt nach Luft schnappte. Nein, dieser Mann war nicht Adam von Zakis! Denn er trug zwar eine rote Jacke. Diese hatte aber keine weißen, sondern silberne Knöpfe. Und der Zylinderhut war nicht schwarz, sondern grau. Auch der Drache war nicht weiß, sondern knallrot. Den Ring trug der Fremde nicht an der linken, sondern an der rechten Hand. Und es war auch kein silberner, sondern ein goldener Ring.

Es handelte sich zweifellos um den feindlichen Agenten, der die Schriftrolle stehlen wollte! Und was hielt er da eigentlich hinter seinem Rücken in der linken Hand? Safira stockte der Atem: Es war eine Pistole. Und im Gürtel des Fremden steckten außerdem noch einige Dolche, griffbereit.

Jetzt war Safira klar, warum sie vor diesem Agenten gewarnt worden waren. Wenn dieser erfahrene Kämpfer ins Haus gelangte, sah es schlecht für sie aus!

„Boynen, mach ihm bitte nicht auf!", flüsterte sie aufgeregt. „Öffne ihm auf keinen Fall die Haustür!"

Doch schon hörte sie vom Erdgeschoss her Käpten Sturms Stimme: „Hallo Adam. Schön, dass du endlich da bist. Moment, ich mach dir gleich auf. Ich muss nur noch den Schlüssel aus dem Schlüsselkasten im Flur holen."

„Kein Problem!", sagte der Agent grinsend. „Ich kann warten."

Safira atmete tief durch. Sie musste ganz schnell etwas unternehmen. Nur was?

Ja, was kann Safira tun?
Entscheide dich auf der nächsten Seite für eine von Safiras Ideen! Aber denk dran: Die falsche Entscheidung führt dazu, dass die Geschichte für Käpten Sturm und seine Freunde böse endet. Deshalb überlege gut, und dann entscheide. Und vielleicht hast du ja auch eine eigene Idee.

Safiras Ideen

1. Schnell ins Erdgeschoss laufen und Käpten Sturm warnen.

3. Das Fenster öffnen und mit dem Fremden reden.

2. Laut schreien und so Käpten Sturm warnen.

4. Dem Besucher vom ersten Stock aus einen zwanzig Kilogramm schweren Blumentopf, der am Fenster steht, auf den Kopf werfen.

Übrigens: Irgendwo auf dieser Seite findest du geheime Texte. Dort kannst du nachlesen, warum drei dieser Ideen nicht funktionieren würden.

3. Der feindliche Agent

Plötzlich hatte Safira eine Idee, und im nächsten Augenblick riss sie das Fenster auf. „Hallo du!", rief sie zu dem Agenten hinunter. „Wer bist du denn?"

Der Fremde schaute überrascht nach oben. „Ich bin Adam von Zakis, Käpten Sturms Freund. Und du?"

„Ich heiße Safira und wohne hier im Haus." Safira bemühte sich, besonders liebenswürdig zu lächeln, während sie fortfuhr: „Aber wenn du Käpten Sturms Freund bist, dann darfst du ihn doch sicherlich auch mit seinem Lieblingsvornamen ansprechen. Du weißt ja, dass ihn alle seine Freunde *Wilbert* nennen, oder?"

Der Mann nickte. „Klar weiß ich das, was für eine Frage?! Wilbert und ich haben schon sehr viel gemeinsam erlebt. Ich frage mich nur, warum er mich so lange hier draußen stehen lässt."

Käpten Sturm war soeben mit dem Schlüssel in der Hand zur Haustür zurückgekehrt. Er wollte schon öffnen, doch dann stutzte er. Das Gespräch zwischen Safira und dem nächtlichen Besucher war so laut gewesen, dass er alles mitbekommen hatte. Und irgendetwas war daran merkwürdig: Warum nannte Safira ihn plötzlich *Wilbert?*

Käpten Sturm hieß nämlich mit vollem Namen *Wilbert Boynen Sturm.* Doch seinen ersten Vornamen, Wilbert, mochte er überhaupt nicht. Das wussten alle seine Freunde. Deshalb nannten sie ihn bei seinem zweiten, skandinavischen Vornamen *Boynen.* Wie kam sein Freund Adam also auf die Idee, ihn plötzlich mit *Wilbert* anzureden?

Da begriff Käpten Sturm schlagartig: Dieser Mann konnte unmöglich Adam von Zakis sein. Das hatte Safira anscheinend herausgefunden. Und um ihn zu warnen, hatte sie den Fremden in ein Gespräch verwickelt und ihm eine Falle gestellt. Sie hatte so getan, als ob Käpten Sturms Freunde *Wilbert* zu ihm sagen würden. Und der Fremde war prompt darauf reingefallen. Woher sollte er auch wissen, dass jeder ihn *Boynen* nannte? Wie schlau Safira doch war!

Draußen stand also der feindliche Agent, den er auf keinen Fall ins Haus lassen durfte.

Schnell rief Käpten Sturm durch die Tür: „Adam? Bist du noch da?"

„Wilbert, warum lässt du deinen alten Freund so lange warten?" Die Stimme des Fremden klang sehr ungeduldig. Ob er Verdacht schöpfte?

„Das erkläre ich dir gleich!", rief Käpten Sturm grinsend. Dann zog er einen Hebel, der sich direkt neben der Haustür befand.

Das löste einen Mechanismus aus. Und plötzlich tat sich unter den Füßen des nächtlichen Besuchers ganz überraschend eine geheime Falltür auf.

„Hilfe!", schrie der Agent laut, als es unter ihm auf einmal keinen Boden mehr gab. Ehe er sich versah, stürzte er vier Meter tief in eine glitschige Schlammgrube hinab.

Käpten Sturm hatte diese Schlammgrube schon vor einiger Zeit angelegt, um unerwünschten Besuchern einen gebührenden Empfang bereiten zu können. Das zahlte sich jetzt aus. Gegen diesen gefährlichen Agenten hätte er wahrscheinlich keine Chance gehabt. Aber nun war der Mann gefangen.

Zufrieden öffnete Käpten Sturm die Haustür und schaute zuerst zu Safira hinauf, die jetzt vergnügt kicherte. „Danke, Safira! Das hast du richtig gut gemacht. Durch deine Scharfsinnigkeit hast du uns alle gerettet.“ Dann blickte er auf den feindlichen Agenten hinab, der tief im Schlamm feststeckte. „Nenn mich nie wieder Wilbert“, sagte Käpten Sturm grinsend. „Und jetzt wünsche ich dir eine gute Nacht.“ Er verschloss die Falltür wieder und überließ den Fremden seinem Schicksal.

„Was machen wir mit ihm?“, wollte Safira wissen.

„Wir lassen ihn bis morgen früh in der Grube. Und dann wird er ins Gefängnis gesteckt.“

Eine Stunde später traf der echte Adam von Zakis ein, der genau so gekleidet war, wie er es in seinem Brief angekündigt hatte. Nach einer herzlichen Begrüßung setzten sich alle an den Küchentisch. Brummel und Seebär waren mittlerweile auch wach geworden und gesellten sich zu ihnen.

Zuerst berichteten Käpten Sturm und Safira abwechselnd, was sich kurz zuvor ereignet hatte und wie es ihnen gelungen war, den feindlichen Agenten gefangen zu nehmen.

Adam schüttelte erstaunt den Kopf. „Das ist ja unglaublich! Bin ich froh, dass ihr diesen gefährlichen Mann überwältigen konntet."

Käpten Sturm nickte. „Ja, das ist wirklich gut. Aber jetzt erzähl uns bitte, was dich zu uns führt."

„Mein Vater, der König von Zakis, ist gestorben", erklärte Adam traurig.

Käpten Sturm klopfte ihm mitfühlend auf die Schulter. „Das tut mir leid."

„Und ich als sein Sohn wäre eigentlich sein rechtmäßiger Nachfolger", fuhr Adam fort.

„Wäre?", fragte Brummel, der wieder einmal seine Seefahrerpfeife im Mund hatte. Doch seitdem er mit dem Rauchen aufgehört hatte, zündete er sie nicht mehr an.

Adam nickte. „Ja, *wäre*. Aber mein böser Onkel Rochos macht mir den Thron streitig."

„Und wie?“, erkundigte sich Seebär.

Adams Miene verfinsterte sich. „Mein Onkel ist hinterlistig und böse. Er hat vor den zwölf Ältesten des Landes ganz frech behauptet, ich sei ungeeignet, König von Zakis zu sein. Er hat mich sogar als ‚Stümper‘ und ‚Muttersöhnchen‘ bezeichnet, obwohl meine arme Mutter schon lange tot ist. Und schließlich hat er mich zu einer Wettfahrt um den Thron von Zakis herausgefordert.“

Safira machte große Augen. „Darf er das, der gemeine Kerl?“

Adam nickte. „Ja, das darf er.“

„Und wie soll diese Wettfahrt funktionieren?“, wollte Käpten Sturm wissen.

„Ganz einfach: Mein Onkel hat gewettet, ich würde es nicht schaffen, die drei verschollenen Schätze von Zakis in unser Land zurückzubringen."

„Drei verschollene Schätze? Sind das Schatzkisten?", fragte Brummel neugierig.

„Nein, es handelt sich nur um drei goldene Gegenstände. Aber sie haben eine besondere Bedeutung. Es wurde ausgemacht, dass ich diese drei Gegenstände innerhalb von zwei Monaten finden und zurückbringen muss. Und weil unser Land sehr abgelegen ist, reicht es, wenn ich sie am vereinbarten Tag zur Tower Bridge in London bringe. Drei der Ältesten von Zakis werden dort auf mich warten, um die Schätze in Empfang zu nehmen. Bei der Übergabe muss ich ihnen außerdem noch die Bedeutung dieser Schätze erklären. Bisher weiß ich aber noch nicht einmal, wie diese drei Gegenstände aussehen. Und ihre Bedeutung kenne ich erst recht nicht. Wenn ich wenigstens eine Ahnung hätte, wo ich überhaupt anfangen muss mit Suchen!"

Alle schwiegen, denn es sah wirklich nicht gut für Adam aus.

„Und wenn dir das alles nicht gelingt?", durchbrach Seebär die Stille.

„Dann hat mein Onkel die Wette gewonnen und wird König von Zakis."

Safira runzelte die Stirn. „Heißt das, dass dieser Schuft *nichts* tun muss, um König von Zakis zu werden?"

Adam nickte. „Genau so ist es. Seit dem Tod meines Vaters hat er ohnehin schon die Regierungsgeschäfte übernommen, wenn auch nur vorläufig. Er will aber, dass es so bleibt. Deshalb wird er nicht einfach nur *nichts* tun. Nein, er wird alles daransetzen, um zu verhindern, dass ich die Wettfahrt um den Thron von Zakis gewinne."

„Wie lange hast du jetzt noch Zeit?“, wollte Käpten Sturm wissen.

„Dreiunddreißig Tage. Dann muss ich die Schätze übergeben“, antwortete Adam niedergeschlagen

„Gibt es wirklich gar keinen Hinweis, der uns weiterhelfen könnte?“

Adam zuckte mit den Schultern. „In dieser Schriftrolle, die du für mich aufbewahrt hast, mein lieber Freund, müsste etwas darüber stehen.“

„Und warum bist du dann nicht schon viel früher zu uns gekommen?“, warf Safira ein.

„Mein Onkel hat mich gefangen gehalten. Ich konnte ihm erst vor ein paar Tagen entkommen“, erklärte Adam. „Und jetzt werde ich natürlich versuchen, die Schätze zu finden. Allerdings mache ich mir keine großen Hoffnungen, weil ich ja ganz auf mich allein gestellt bin. Außerdem bleibt mir fast keine Zeit mehr ...“

„Keine Sorge“, sagte Käpten Sturm entschlossen. „Wir werden dir selbstverständlich helfen, mein Freund. Du kannst auf uns zählen. Gleich morgen früh werden wir mit der *Esmeralda* in See stechen und alle gemeinsam nach den Schätzen suchen."

Adams Augen leuchteten auf, während er in die Runde schaute. „Das würdet ihr wirklich für mich tun?"

Brummel nahm seine Pfeife aus dem Mund und setzte ein breites Grinsen auf. „Aber sicher! Du kannst dich auf das Wort unseres Käptens verlassen. Wir werden mit dir durch dick und dünn gehen."

„Na, dann lasst uns keine Zeit verlieren", meinte Käpten Sturm. „Adam und ich werden uns die Schriftrolle vornehmen und herausfinden, wo wir nach den Schätzen suchen müssen. Brummel wird so lange die Mannschaft der *Esmeralda* zusammentrommeln. Und Safira und Seebär werden alles besorgen, was wir auf der Reise brauchen werden."

Safira muss den Schiffszwieback einkaufen. Sie darf nicht zu viel und nicht zu wenig einkaufen. Benötigt werden genau 50 Packungen Schiffszwieback.

Die Verkäuferin bietet folgende Kisten zum Verkauf an:

1 große Kiste mit 30 Packungen,

1 mittlere Kiste mit 25 Packungen,

1 kleine Kiste mit 10 Packungen,

3 sehr kleine Kisten mit 5 Packungen.

Welche Kisten muss Safira kaufen, damit sie genau 50 Packungen bekommt? Kreise die Kisten mit deinem Geheimstift ein. Auf der nächsten Seite kannst du mit deiner Entdeckerlampe kontrollieren, ob du richtig gerechnet hast.

4. Die Esmeralda sticht in See

Adam und Käpten Sturm saßen am Esstisch des Schmugglerhauses. Sie hatten die geheimnisvolle Schriftrolle hervorgeholt und sie genau studiert. Zu ihrer großen Freude stand darin tatsächlich, wo die verschollenen Schätze waren.

„Unsere erste Reise geht also nach Grönland", murmelte Käpten Sturm, während er etwas aus der Schriftrolle abzeichnete.

„Ja, hier heißt es, dass sich der erste Gegenstand in einem Palast aus Eis befindet", bestätigte Adam. *„Wer* diesen Palast gebaut hat, wird hier leider nicht erwähnt. Aber die Hauptsache ist ja, dass wir den Schatz finden!"

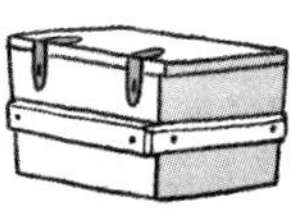

„Der Weg dorthin führt durch ein Labyrinth, also einen Irrgarten." Käpten Sturm rollte Schriftrolle und Zeichnung zusammen und steckte beides in einen Lederbeutel. „Mir scheint, dass wir wieder einmal ein echtes Abenteuer vor uns haben! Wir werden also nach Grönland segeln und dort nach dem ersten Schatz suchen."

Adam nickte zustimmend.

Genau in diesem Augenblick kamen Safira, Brummel und Seebär zurück.

„Alles erledigt!", sagte Brummel. „Die *Esmeralda* ist bereit, in See zu stechen."

„Ja, Safira und ich haben alle Vorräte besorgt, die wir für die Reise benötigen", schloss sich Seebär an. „Wir sind startklar."

„Habt ihr auch an warme Kleidung gedacht?", erkundigte sich Käpten Sturm. „Unser erstes Ziel ist nämlich Grönland. Und dort ist es furchtbar kalt."

Safira grinste. „Klar haben wir daran gedacht."

„Das sind gute Nachrichten", meinte Käpten Sturm zufrieden. „Also, auf nach Grönland!"

„Ja – auf nach Grönland", riefen die anderen vier im Chor.

Ein finster dreinblickender Mann stand in der Nähe des Schmugglerhauses. Durch ein offenes Fenster hatte er alles mit angehört, was er wissen wollte. Schnell wandte er sich ab und kehrte in den Wald zurück. Dort wurde er bereits von einem gut gekleideten Reiter erwartet. „Und, Spikos, hast du etwas herausgefunden?", drängte er.

„Ja, Rochos. Ich weiß, wo die Reise hingeht. Nach Grönland. Dort gibt es im ewigen Eis einen Palast. Und in diesem Palast befindet sich der erste Schatz von Zakis!"

„Gut gemacht, Spikos! Wir werden dafür sorgen, dass Adam die Wettfahrt um den Thron von Zakis verliert!"

Wie heißen diese wichtigen Bestandteile eines Segelschiffs? Kannst du die Begriffe richtig zuordnen?

Großmast

Deck

Heck

Segel

Fockmast

Kreuzmast

Bug

Noch am selben Tag legte die *Esmeralda* ab. Die Fahrt ging Richtung Norden. Klar, denn Grönland liegt ja ganz weit nördlich.

Der Wind stand gut. Und so kam die *Esmeralda* sehr schnell voran. Bald stießen sie auf ein paar Eisberge und danach entdeckten sie Land. Vor ihnen lag Grönland. Safira staunte. „Das ist ja unglaublich! Man sieht fast nichts anderes als Schnee und Eisberge."

Käpten Sturm nickte. „Ja, der größte Teil des Landes ist von einer dicken Eisschicht bedeckt. Weil dieses Eis auch im Sommer nicht schmilzt, redet man vom *ewigen Eis."*

„Und irgendwo im Landesinneren muss der Eispalast sein, nach dem wir suchen", meinte Adam nachdenklich.

„Wie weit ist es noch bis zur Anlegestelle?", wollte Safira wissen.

„Also, eine Anlegestelle gibt es hier nicht", antwortete Käpten Sturm. „Aber wir werden in der Nähe einer kleinen Siedlung vor Anker gehen."

Gesagt, getan. Wenig später wurde der Anker der *Esmeralda* ausgeworfen. Dann stiegen Käpten Sturm, Adam, Brummel, Seebär und Safira in eines der Ruderboote. Und kurz darauf erreichten sie das Ufer.

Die Bewohner der kleinen Siedlung hatten das Schiff gesehen und waren neugierig. Deshalb kamen sie den Abenteurern entgegen und begrüßten sie.

Ein junger Mann konnte sogar Deutsch sprechen. Er hieß Malik. „Was führt euch zu uns?“, fragte er.

Käpten Sturm lächelte ihn freundlich an. „Das ist eine lange Geschichte ...“ In groben Zügen erzählte er nun, was sie vorhatten.

Als Käpten Sturm den Eispalast erwähnte, starrte Malik ihn entsetzt an. „Wollt ihr wirklich dorthin? Vor einigen Jahren kamen ein paar Fremde in unser Dorf. Sie haben einen Hundeschlitten ausgeliehen und sind damit in die Berge gefahren, um diesen Eispalast zu suchen. Keinen von ihnen haben wir jemals wiedergesehen. Die Hunde kamen ohne sie zurück.“

„War jemand von euch schon einmal dort?“, fragte Käpten Sturm.

Maliks Augen weiteten sich. „Um Himmels willen, nein!“ Seine Stimme wurde jetzt leiser. „Niemand aus unserem Dorf würde es wagen, an diesen schrecklichen Ort zu gehen. Alle haben Angst davor.“

Brummel, Seebär, Safira und Adam schauten sich besorgt an. War ihr Vorhaben wirklich so gefährlich?

Doch Käpten Sturm schien unbeeindruckt. „Malik, wir haben schon einige spannende Abenteuer hinter uns und werden auch dieses heil überstehen. Könnt ihr uns zwei Hundeschlitten mit jeweils vier Hunden ausleihen? Wir werden euch dafür auch sehr gut bezahlen.“

Malik überlegte. „Das kann ich nicht entscheiden. Ich muss den Dorfältesten fragen.“ Er wandte sich an einen sehr alten Mann und redete auf ihn ein, natürlich in seiner eigenen Sprache.

Zuerst schüttelte der Dorfälteste den Kopf. Aber anschließend sagte er etwas, das Malik sogleich übersetzte: „Er meint, dass ihr die Hundeschlitten nur dann bekommt, wenn ihr euch einer Kraftprobe stellt und diese gewinnt.“

„Eine Kraftprobe?", wiederholte Safira. „Was meint er damit?"

„Ganz einfach – einer von euch muss gegen den stärksten Mann unseres Dorfes kämpfen. Gewinnt unser Mann, dann bekommt ihr die Schlitten nicht und müsst sofort von hier verschwinden. Aber wenn ihr gewinnt, geben wir euch die Schlitten, und zwar umsonst."

„Und wie soll dieser Kampf aussehen?", erkundigte sich Adam.

„Er findet am Ufer statt, direkt am Wasser. Die einzige Aufgabe besteht darin, den Gegner ins Wasser zu stoßen."

„Und wenn *beide* hineinfallen?", hakte Adam nach.

„Dann habt ihr verloren."

„Abgemacht!", erklärte Käpten Sturm siegessicher. „Einer von uns wird gegen euren stärksten Mann kämpfen."

Eine Viertelstunde später war der Käpten jedoch nicht mehr so zuversichtlich. Denn vor ihnen stand Nanuk. Er war zwei Meter groß und ein wahrer Kraftprotz. Seine Arme und Beine waren mindestens doppelt so dick wie die von Brummel und Seebär.

Adam riss vor Entsetzen die Augen auf. Und Safira sprach aus, was alle dachten: „Mit dem können es nicht einmal Brummel und Seebär aufnehmen! Und ich dachte bis heute, die beiden seien die stärksten Männer der Welt."

„Stimmt, der ist viel stärker als wir", gaben die beiden Matrosen zu.

In der Tat – mit so einer großen Herausforderung hatte keiner von ihnen gerechnet.

Käpten Sturm schaute zu Safira hinüber. „Unsere Chancen stehen schlecht. Eigentlich ist es ganz egal, wer gegen diesen Riesen antritt, weil wir ihn ohnehin nicht besiegen können. Wie wäre es, wenn *du* unseren Kämpfer auswählst, Safira?"

Safira nickte. „Kein Problem. Aber wenn es schiefgeht, dann macht mir bitte keine Vorwürfe."

„Natürlich nicht!", beteuerten alle.

Überlege dir, wen Safira aussuchen sollte!

Zur Auswahl stehen die beiden bärenstarken Matrosen Brummel und Seebär. Aber auch Käpten Sturm, Adam und sogar Safira selbst wären bereit, sich dem Kampf zu stellen.

Für wen entscheidest du dich?

5. Die Kraftprobe im Eis

Safira musste nicht lange überlegen.
verkündete sie.

„Bist du wahnsinnig geworden?", riefen Brummel und Seebär gleichzeitig.

Auch Adam widersprach ihr kopfschüttelnd: „Der wird dich mit seinem kleinen Finger ins Wasser stoßen. So schnell kannst du gar nicht gucken."

Käpten Sturm war ebenfalls nicht begeistert von dieser Idee. „Nein, Safira. Mach keine Dummheiten!", mahnte er. „So ein Riese lässt sich höchstens mithilfe einer List, aber nicht durch Muskelkraft besiegen."

Safira nickte. „Genau das habe ich vor. Außerdem – hast du mir nicht gerade eben den Auftrag gegeben, einen von uns auszuwählen? Und ich habe mich selbst ausgesucht. Basta!"

„Na gut, ich vertraue dir. Du darfst gegen ihn kämpfen."

„Prima. Vorher muss ich aber noch schnell meine Schuhe wechseln. Ich probiere mal die

Schuhe aus, die du mir zu Weihnachten geschenkt hast, Boynen."

Der Käpten zog die Augenbrauen hoch. Denn es handelte sich um ein Paar Spezialschuhe – eine seiner vielen Erfindungen. „Diese Dinger waren eigentlich für Zirkusauftritte gedacht", bemerkte er.

„Ja, ich weiß!" Safira lächelte verschmitzt.

Am Ufer wartete Nanuk bereits grinsend auf seinen Gegner. Er war sich seiner Sache sicher. Als er die erst elfjährige Safira auf sich zukommen sah, brach er in lautes Gelächter aus. Und mit ihm lachte das ganze Dorf. „Wollt ihr mich verspotten?", rief Nanuk nun in gebrochenem Deutsch. „Ich kämpfe doch nicht gegen … ein Mädchen!"

„Das wirst du wohl müssen, du Zottelbär!", erwiderte Safira vergnügt. „Ich bin deine Gegnerin. Oder hast du etwa Angst vor mir?"

„Natürlich nicht", brummte Nanuk. „Na gut – bringen wir es hinter uns!"

„Ja, beginnen wir", kicherte Safira, die ihm in fünf Metern Entfernung gegenüberstand. Das Ufer befand sich direkt hinter ihrem Rücken.

Dann begann die Kraftprobe. Nanuk rannte mit ausgestreckten Armen auf Safira zu, um sie ins Wasser zu stoßen. Anstatt ihm auszuweichen, tat die Elfjährige jedoch etwas Überraschendes: Sie machte einen Handstandüberschlag und kam mit starkem Schwung wieder auf ihren Füßen auf. Unter der Sohle ihrer Spezialschuhe befanden sich Sprungfedern. Mit deren Hilfe katapultierte Safira sich nun über ihren Gegner hinweg und landete hinter seinem Rücken wieder auf dem Boden.

Nanuk griff ins Leere und stolperte vorwärts. Er blieb nur wenige Zentimeter vor dem Ufer stehen. Mit

rudernden Armen versuchte er dort, das Gleichgewicht zu halten. Blitzschnell drehte Safira sich um, machte wieder einen Handstandüberschlag und traf ihren Gegner mit den Füßen in die Kniekehlen. Da stürzte der Riese mit einem großen Platschen kopfüber ins Wasser.

Safira stand wieder mit beiden Beinen auf der Erde. Sie riss die Arme in die Luft und jubelte vor Freude. Die Kraftprobe war entschieden: Sie hatte gewonnen! Denn der scheinbar unbesiegbare Gegner schwamm zappelnd im Wasser.

Käpten Sturm, Adam, Brummel und Seebär rannten auf Safira zu und gratulierten ihr strahlend. „Du hast es geschafft, Safira! Du hast es tatsächlich geschafft! Unglaublich!“

Auch alle Dorfbewohner klatschten Beifall.

Schließlich kamen Malik und der Dorfälteste auf Safira zu und gratulierten ihr noch einmal ausdrücklich. „Die Kraftprobe ist entschieden. Ihr bekommt die beiden Hundeschlitten. Wir wünschen euch viel Glück!“

„Danke!“, sagte Käpten Sturm. „Das werden wir brauchen.“

Wenig später saßen die Abenteurer bereits auf zwei Hundeschlitten verteilt und waren auf dem Weg ins Landesinnere. Es ging stetig bergauf, höher und höher. „Das ist aber ein komischer Berg“, bemerkte Safira, die zusammen mit Adam und Käpten Sturm auf einem Schlitten saß.

„Wir fahren gerade auf einem riesigen Gletscher“, erklärte Käpten Sturm. „Und tief unter dem Gletscher befindet sich der eigentliche Boden.“

„Heißt das, wir bewegen uns über einen Eisklotz?“

„So könnte man es auch ausdrücken“, meinte Adam.

„Und wo ist der Eingang zum Labyrinth, das zum Eispalast führt?“, wollte Safira wissen.

Käpten Sturm schaute auf die Karte, die er gemäß den Anweisungen in der Schriftrolle gezeichnet hatte. „Nach meinen Berechnungen müssten wir gleich dort sein. Der Zugang ist bei einem Felsen, der aus dem Gletscher herausragt. Er liegt direkt vor ein paar hohen Bergen.“

Safira zeigte nach vorne. „Sind das die Berge, Boynen?“

„Ja, dort müssen wir nach dem Eingang suchen. Und seht mal – da hinten ist ein Felsen, der aus dem Eis hervorschaut. Das müsste der richtige Ort sein."

Die beiden Hundeschlitten stoppten. Nachdem sich Seebär freiwillig dazu bereit erklärt hatte, auf die Hunde aufzupassen, machte sich der Rest der Gruppe auf die Suche. Aber leider hatten sie nicht so schnell Erfolg, wie sie gehofft hatten. Der Zugang zum Labyrinth war nirgends zu entdecken! Nach einer Stunde beschlossen sie, eine Pause einzulegen. Und kaum waren sie wieder zu den Hundeschlitten zurückgekehrt, erwartete sie eine angenehme Überraschung.

Als pflichtbewusster Schiffskoch der *Esmeralda* hatte Seebär nämlich nicht nur auf die Schlitten aufgepasst. Nein, er hatte auch ein Feuer gemacht. Und über dem Feuer hing ein Topf, in dem ein leckerer Eintopf brodelte.

„Wir können gleich essen!", grinste Seebär.

„Woher hast du denn den Topf und das Holz fürs Feuer?", fragte Adam überrascht.

Seebärs Grinsen wurde noch breiter. „Das habe ich alles von der *Esmeralda* mitgebracht. Ich kann doch nicht zulassen, dass ihr euch mit knurrendem Magen in ein haarsträubendes Abenteuer stürzt. Und jetzt setzt euch endlich hin. Wir essen. Boynen, sprich du bitte das Tischgebet!“

Das ließen sich die Freunde nicht zweimal sagen. Sie nahmen auf den Hundeschlitten Platz und streckten erwartungsvoll ihre Teller hin. Dann verzehrten sie genüsslich das leckere Gericht, das Seebär ihnen mitten in der Eiswüste servierte.

Seebär selbst saß nicht auf einem Schlitten. Er hatte sich aus Schnee einen gemütlichen Eis-Sessel gebaut, direkt neben Feuer und Kochtopf. So hatte er die Feuerstelle unter Kontrolle und konnte sich um die Mahlzeit kümmern.

Nach dem Essen standen alle auf, um die Suche fortzusetzen. Nur Seebär nicht. Der fasste sich an seine Plattfüße und knurrte wie ein Eisbär: „Also, wenn es euch recht ist, bleibe ich hier und passe auf die Schlitten auf. Außerdem muss ich ja ohnehin noch die Reste des Eintopfs versorgen und das Geschirr wasch... Huuuch!" Vor den Augen der anderen versank der starke Matrose plötzlich im Boden.

Safira schrie laut auf. „Hilfe! Wo ist Seebär geblieben? Er ist einfach weg!"

Auch die Übrigen starrten entsetzt auf die Stelle, an der Seebär soeben noch gesessen hatte. Die Feuerstelle war ebenfalls nicht mehr da.

„Das müssen wir uns genauer anschauen", sagte Brummel entschlossen.

Doch Käpten Sturm hielt ihn zurück. „Warte! Keinen Schritt weiter! Der Boden ist brüchig."

Was war geschehen?

Seebär hatte das Lagerfeuer ausgerechnet an einer Stelle angezündet, wo sich unter dem Eis ein Hohlraum befand. Durch die Hitze des Feuers war die Eisschicht weggeschmolzen. Und so passierte, was passieren musste: Seebär war eine Etage tiefer gerutscht.

„Seebär! Wo bist du?", riefen alle besorgt.

Zum Glück hörten sie nun eine dumpfe Stimme: „Ich bin hier unten! So was Blödes! Das Feuer ist ausgegangen und die Suppe ist auf dem Boden verschüttet! Das ist total ärgerlich!“

Alle mussten lachen.

„Er lebt!“, stieß Safira erleichtert aus.

Brummel nickte. „Ja, wenn der sich Gedanken über einen umgekippten Topf machen kann, dann ist er quicklebendig.“

Käpten Sturm legte sich flach auf den Bauch und robbte bis zu dem Loch vor, das sich im Eis aufgetan hatte.

Als er hineinschaute, entdeckte er seinen guten Freund, der drei Meter unter ihm ganz verdattert auf dem Hosenboden saß. „Geht es dir gut?“

„Klar geht es mir gut, das siehst du doch. Ach übrigens – das solltet ihr euch vielleicht anschauen. Direkt vor mir gibt es eine Höhle. Ist das womöglich der Zugang zum ...?“

Mit einem Satz sprang Käpten Sturm zu ihm hinunter. Hier war kein Eis mehr, sondern man sah Erde und Steine. Und den Beginn eines Tunnels, der direkt in den Felsen hineinführte.

Käpten Sturm schlug Seebär begeistert auf die Schulter. „Du hast den Zugang zum Labyrinth gefunden, Seebär. Gratuliere! Zur Belohnung darfst du hierbleiben und deine Füße schonen!"

Mithilfe eines Seils, das die anderen hinunterließen, gelang es den beiden, wieder nach oben zu klettern. Entschlossen schaute Käpten Sturm dann in die Runde. „Wir haben den Eingang gefunden. Doch der schwierigste Teil kommt noch: Vor uns liegt ein gefährliches Labyrinth."

Er atmete tief durch, bevor er fortfuhr: „Adam und Brummel – lasst uns keine Zeit verlieren! Wir brechen sofort auf!"

Safira sah ihn entgeistert an. „Und was ist mit mir?"

„Du bleibst hier und passt mit Seebär zusammen auf die Hunde auf."

„Das kommt gar nicht infrage. Ich komme selbstverständlich mit!", protestierte Safira.

Adam widersprach: „Nein, Safira. Du bist noch so jung, und der Weg dorthin ist viel zu gefährlich für dich."

„Da gebe ich Adam recht", meinte Brummel.

Zornig schaute Safira die drei Männer der Reihe nach an. „Das ist unfair! Denkt dran: Wir wären alle gar nicht hier, wenn *ich* nicht die Kraftprobe im Dorf gewonnen hätte. Also, was muss ich sonst noch tun, damit ihr endlich einseht, dass ihr mich brauchen könnt?“

„Na gut“, sagte Käpten Sturm. „Ich stelle dir zwei schwierige Fragen. Wenn du die richtigen Antworten darauf weißt, darfst du uns begleiten.“

„Schieß los!“, forderte Safira ihn auf.

Kannst du Safira helfen,
das Rätsel zu lösen?

1. Eine Schneeflocke besteht aus mehreren Kristallen. Welche Form haben die einzelnen Kristalle?
Sie sind

a) rund.

b) sechseckig.

c) achteckig.

d) quadratisch.

2. Menschen, die am Nordpol leben, werden auch Eskimos oder Inuit genannt. Stimmt es, dass sie viel mehr Wörter für Schnee haben als wir?

a) Nein.

b) Ja, die Inuit haben 22 verschiedene Wörter für Schnee.

c) Ja, die Inuit haben 33 Wörter für Schnee.

d) Ja, die Inuit haben sogar mehr als 100 Wörter für Schnee.

Die Lösungen sind auf dieser Seite versteckt. Kannst du sie finden?

6. Im Labyrinth

Käpten Sturm wollte von Safira wissen, welche Form eine Schneeflocke hat und ob die Einheimischen nur ein einziges oder mehrere Wörter für *Schnee* benutzen. Die junge Zirkusartistin war allerdings nicht umsonst schon eine ganze Weile mit ihm unterwegs. Auf Käpten Sturms Seereisen hatte sie eine Menge gelernt. Deshalb fiel es ihr nicht schwer, die beiden Fragen richtig zu beantworten.

Käpten Sturm nickte zufrieden. Er hatte selbstverständlich gar nicht vorgehabt, Safira von dem bevorstehenden Abenteuer auszuschließen. Aber es schadete nicht, sie hin und wieder herauszufordern!

Mit Rucksäcken auf dem Rücken betraten die vier Abenteurer

schließlich den Eingang der Höhle. Käpten Sturm gab jedem eine brennende Fackel in die Hand. Und los ging's in einen dunklen Tunnel, der steil aufwärts führte. Nach einigen Metern kamen sie an eine Stelle, von der drei Gänge abzweigten. Dort blieben sie ratlos stehen.

„Was schaut ihr mich alle so fragend an?", meinte Käpten Sturm. „Wir haben drei Gänge zur Auswahl, mehr weiß ich auch nicht."

„Wir müssen eben ausprobieren, welcher Weg der richtige ist", schlug Brummel vor. „Denn Probieren geht über Studieren. Also, auf geht's!"

Doch Adam hielt ihn auf: „Warte, Brummel! So funktioniert das hier nicht. An dieser Stelle beginnt nämlich der Teil der Höhle, der in der Schriftrolle *Labyrinth* genannt wird. Es ist gefährlich, sich planlos in einen Irrgarten zu stürzen."

Käpten Sturm nickte. „Ja, denn es führt nur ein einziger Weg ans Ziel."

„Dann sollten wir unbedingt den richtigen wählen", sagte Safira.

Welcher Weg ist der richtige?
Ist es der linke, der mittlere oder
der rechte Weg?

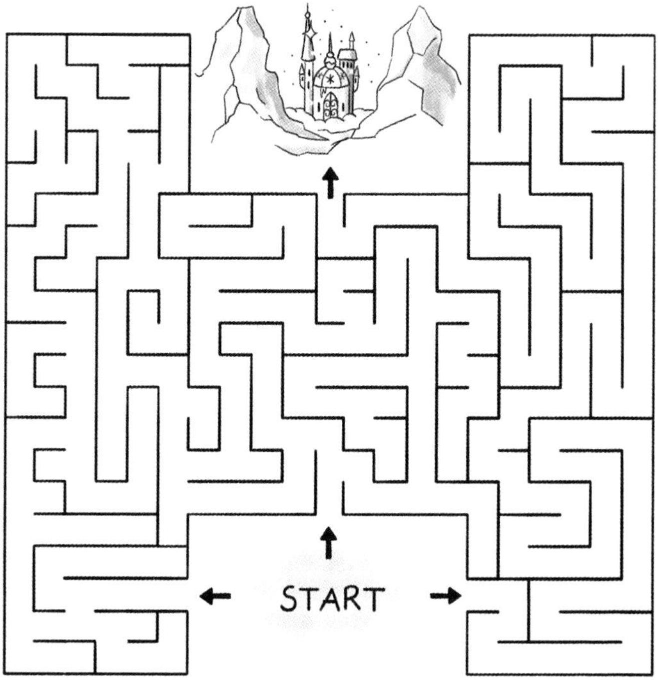

Für einen Moment herrschte Schweigen, weil alle gründlich nachdachten. Auf einmal rief Käpten Sturm laut: „Ich hab's!"

„Du hast es?", fragte Safira.

„Ja, ich hab's!", wiederholte Käpten Sturm. Dann schaute er Adam mit festem Blick in die

Augen. „Was hat dir dein Vater beigebracht, mein lieber Freund? Was hat er dir immer wieder eingetrichtert?“

Adam zuckte mit den Schultern. „Dass ich keine Angst haben soll?“

Käpten Sturm schüttelte den Kopf. „Nein, das meine ich nicht.“

„Dass ich gehorsam sein soll?“

Wieder schüttelte Käpten Sturm den Kopf.

„Dass ich nur gesunde Sachen essen soll?“

„Aber nein! Denk doch einfach mal nach“, widersprach Käpten Sturm ungeduldig.

„Keine Ahnung. Mir fällt gerade überhaupt nichts mehr ein. Mein Kopf ist irgendwie völlig leer“, meinte Adam verlegen.

Da klopfte Käpten Sturm ihm ermutigend auf die Schulter. „Na gut – ich will dir mal auf die Sprünge helfen. Er hat gesagt: ‚Mein Sohn, weiche niemals vom …‘“

Adam schlug sich an den Kopf. „Aber natürlich! Mein Vater hat mir immer eingeschärft: ‚Mein Sohn, weiche niemals vom rechten Pfad ab. ‘“

„Ja, genau." Käpten Sturm nickte zufrieden. „Das bedeutet, dass wir den rechten Gang wählen müssen. Denn immerhin hat dein Vater die Schätze selbst versteckt. Und er hat dich, Adam, den rechtmäßigen Thronfolger, darauf vorbereitet, dass du sie wieder zurück nach Zakis holen kannst."

Adam schaute Käpten Sturm fragend an. „Mein Vater hat die Schätze selbst versteckt? Bist du dir sicher?"

„Ja, mein lieber Freund. Das geht eindeutig aus der Schriftrolle hervor. Dein Vater wollte verhindern, dass jemand anderes als du sein Nachfolger wird. Deshalb hat er die Schriftrolle verfasst und Aufgaben gestellt, die du, sein Sohn, lösen kannst. Und jetzt kommt. Wir sollten keine Zeit mehr verlieren."

Sie nahmen den rechten Weg, der steil nach oben führte. Nach einem längeren Fußmarsch sahen sie ein Licht am Ende des Tunnels. Und wenig später erreichten sie den Ausgang. Ihr Blick fiel auf ein Tal, das zwischen hohen Bergen lag. Und in der Mitte des Tals erstrahlte im hellen Sonnenlicht ein faszinierender Eispalast.

„Hurra!", jubelte Safira. „Wir haben es geschafft."

Die Abenteurer stiegen vom Höhlenausgang ins Tal hinunter. Und kurz darauf traten sie durch ein kunstvoll gestaltetes Eingangstor. Vor ihnen lag eine große Halle, die von einer Kuppel aus Eiskristallen überdacht war. Diese Kuppel wurde von sechs Säulen gestützt. In der Mitte der Halle stand noch eine siebte Säule, die etwas anders aussah als die übrigen. Und dort befand sich auch der Gegenstand, nach dem sie gesucht hatten.

„Eine goldene Frucht in einer Schale aus Eis!", rief Adam erstaunt. „Das ist also der erste Schatz, den ich nach Zakis zurückbringen soll." Ohne zu zögern, lief er zu der Säule und holte sich die Frucht.

Da ertönte über ihnen ein lautes Rumpeln.

„Was war das?", fragte Brummel.

Erschrocken schaute Adam zur Decke. „Oh nein! Die Kuppel wackelt."

„Du hättest die Frucht nicht einfach so aus der Schale nehmen dürfen", meinte Käpten Sturm. „Dadurch hast du einen Mechanismus ausgelöst, der wahrscheinlich alles hier zum Einsturz bringt."

Mit weit aufgerissenen Augen starrten alle nach oben.

„Raus hier!", schrie Brummel. „Die Halle stürzt ein!"

So schnell sie konnten, stürmten sie zum Ausgang und verließen den Eispalast durch das Tor. Wie sich zeigte, war das keinen Augenblick zu früh gewesen, denn hinter ihnen fiel die ganze Halle mit lautem Getöse in sich zusammen.

„Was habe ich nur getan?", jammerte Adam. „Es ist meine Schuld. Ich habe die Frucht einfach aus der Schale genommen – ohne nachzudenken. Und jetzt liegt alles in Trümmern."

„Aber wir leben!", stellte Käpten Sturm fest.

Sie wollten gerade wieder zum Höhleneingang hinaufklettern, als sie auch von dort einen lauten Krach hörten. Es gab einen Steinschlag, der den Höhleneingang verschüttete. Das konnten sie vom Tal aus deutlich sehen. Somit war ihnen der Rückweg abgeschnitten.

Safira stellte die Frage, die allen auf der Zunge lag: „Und was machen wir jetzt?"

So ein

Wofür würdest du dich entscheiden?

Richtige

a) Den Eingang zur Höhle wieder freiräumen.

b) Eine andere Höhle suchen.

c) Auf einen Berg klettern.

d) Auf die Trümmer des Eispalastes klettern.

Zwecklos,

Bei diesem Versuch

7. Auf der Suche nach einem Ausweg

Hast du eine Idee, was wir jetzt tun könnten?“, erkundigte sich Brummel bei Käpten Sturm.

Der nickte und zeigte auf eine Lücke zwischen zwei hohen Berggipfeln. „Wir klettern dort hinauf und versuchen, über den Gletscher nach unten zu den Schlitten zu gelangen. Das ist sehr anstrengend und gefährlich, aber was bleibt uns anderes übrig? Oder wollt ihr euch etwa auf die Trümmer des Eispalastes setzen und Däumchen drehen?“

Die anderen schüttelten den Kopf und erklärten sich mit diesem Vorschlag einverstanden. Unter Aufbietung ihrer ganzen Kräfte gelang es ihnen tatsächlich, die Anhöhe zu erreichen. Oben bekamen sie allerdings weiche Knie. Denn vor ihnen lag ein steiler Abhang, der beinahe senkrecht nach unten abfiel. Es handelte sich um eine hohe Felswand, an deren Fuß der Gletscher zu sehen war.

Während die Abenteurer noch darüber nachdachten, wie sie jetzt vorgehen sollten, hörten sie plötzlich ein lautes Brummen hinter sich. Rasch drehten sie sich um und erstarrten vor Schreck. Ein großer Eisbär tappte auf sie zu.

„Oh nein!“, rief Safira. „Der sieht so aus, als hätte er einen Bärenhunger.“

Was würdest du jetzt tun?

Mit dem Eisbären reden und ihn beruhigen.

Schnell weglaufen.

Brummel gegen den Eisbären kämpfen lassen.

Dem Eisbären einen geräucherten Fisch vors Maul werfen.

„Schnell weg hier!", zischte Adam.

„Nein – wartet", widersprach Käpten Sturm. „Das ist zwecklos. Der Bär würde uns nach kurzer Zeit schon einholen. Wir müssen uns in eine Richtung bewegen, in der er uns nicht folgen kann."

„Du meinst, wir sollten uns über diesen steilen Abhang bis zum Gletscher abseilen“, überlegte Safira.

„Dafür haben wir gar nicht genügend Zeit“, widersprach Brummel. „Bevor du das erste Seil richtig befestigt hast, hat dich der Eisbär schon aufgefressen.“

„Und was schlägst du vor?“

„Ich kämpfe gegen den Eisbären“, erklärte Brummel.

Käpten Sturm schüttelte den Kopf. „Du hast keine Chance, ihn zu besiegen.“

„Das weißt du doch gar nicht“, meinte Brummel gelassen. „Ich habe nämlich noch den einen oder anderen Trick auf Lager!“

„Warum machen wir nicht einfach beides?“, warf Adam ein. „Brummel kämpft gegen den Eisbären. Und während er ihn ablenkt, seilen wir uns ab.“

Damit waren alle einverstanden. Blitzschnell holte Brummel eine Steinschleuder und ein großes Netz aus seinem Rucksack. Dann schleuderte er dem Eisbären mehrere Steine entgegen. Einer von ihnen traf den Bären genau an der Stirn.

„Volltreffer!", jubelte Brummel. „Aber das wird ihn natürlich nicht davon abhalten, mich anzugreifen."

Der Bär taumelte ein wenig. Doch wie Brummel vorausgesehen hatte, erholte sich das Tier schnell wieder und raste nun umso wütender auf den Matrosen zu. Der war aber inzwischen auf einen Felsen gestiegen. Selbstverständlich würde es nur noch ein paar Sekunden dauern, bis der Eisbär ebenfalls auf den Felsen kletterte! Wie sollte Brummel das verhindern?

Der Matrose wusste sich jedoch auch jetzt zu helfen, nämlich indem er das große Netz über den Eisbären warf. Es handelte sich um ein spezielles Wurfnetz, das sich sofort um den ganzen Körper des Tieres herumwickelte. Nun konnte sich der Bär kaum noch bewegen. Allerdings begann er sogleich, das Netz mit seinen scharfen Zähnen zu zerreißen. Bald würde er wieder frei sein. Und dann?

Vorerst hatte Brummel jedoch genau das geschafft, was er beabsichtigt hatte: den Bären von seinen Freunden abzulenken. In der Zwischenzeit war es den anderen nämlich zum Glück gelungen, sich an der Felswand abzuseilen.

„Wir sind in Sicherheit!“, rief Adam erleichtert, als er wieder mit beiden Beinen auf dem Boden stand.

Käpten Sturm nickte. „Wir schon, aber wie sieht es bei dem armen Brummel aus?“

Wie gebannt starrten sie nach oben und folgten aus der Ferne dem erbitterten Kampf, den Brummel sich mit dem Eisbären lieferte. Das Tier hatte sich fast schon von dem Wurfnetz befreit. Doch jetzt machte Brummel etwas Überraschendes. Wagemutig sprang er von dem Felsen herab – direkt auf den Rücken des Eisbären! Und durch den Schwung, den er mitbrachte, rutschte das wilde Tier nun über den eisigen Boden in Richtung Abhang. Brummel, der auf dem Rücken des Bären saß, klammerte sich an dessen Fell fest.

Die drei Freunde, die von unten alles beobachteten, trauten kaum ihren Augen: Brummel ritt auf dem Eisbären wie ein Jockey auf einem Rennpferd. Und der Bär glitt immer weiter. Es war klar, dass er gleich in die Tiefe stürzen würde.

„Brummel, spring ab!“, riefen die anderen aufgeregt. „Spring ab!“

Aber der starke Matrose ignorierte diese Aufforderung und hielt sich hartnäckig am Pelz des Eisbären fest. Sekunden später schossen beide zusammen über die Kante der Felswand hinaus.

Einige Meter von den drei Abenteurern entfernt krachte der Eisbär auf das Gletschereis. Bei dem Aufprall purzelte Brummel vom Rücken des Tieres herunter und blieb reglos im Schnee liegen.

Stille.

„O nein!“, jammerte Safira mit Tränen in den Augen. Einen Sturz aus solcher Höhe konnte niemand heil überstehen!

Auch Käpten Sturm und Adam stockte vor Entsetzen der Atem. Ihr lieber Freund Brummel war vor ihren Augen in die Tiefe gestürzt. Und jetzt bewegte er sich nicht mehr.

„Ist er tot?“, fragte Adam leise.

Schnell liefen sie zu ihm. Da hörten sie ein leises Brummen. „Der Bär wacht auf!“, rief Adam ängstlich.

Aber gleich darauf zeigte sich, dass das Geräusch von ihrem Freund stammte. Der richtete sich nämlich auf, riss die Arme in die Luft und rief: „Gewonnen! Ich bin der Sieger!“

„Brummel! Du lebst?“ Safira umarmte ihn voller Freude und Erleichterung. „Bin ich froh!“

„Aber natürlich lebe ich. Ich hatte beim Aufprall ja ein weiches Polster unter mir. Fragt sich nur, wie es dem armen Eisbären geht. Ich hoffe, ich habe ihn nicht getötet.“

Käpten Sturm winkte ab. „Der wird schon wieder! Viel wichtiger ist, dass es dir gut geht. Warum bist du nicht rechtzeitig abgesprungen?“

„Willst du das wirklich wissen?“, erwiderte Brummel grinsend.

„Klar! Du hättest doch genügend Zeit dazu gehabt.“

„Also, ehrlich gesagt, hatte ich keine Lust, mich mühsam abzuseilen. Und für einen Haudegen wie mich ist der schnellste Weg sowieso immer der beste.“

Alle mussten lachen. „Na, dann lasst uns auch mal auf direktem Weg über den Gletscher nach unten rutschen“, schlug Käpten Sturm vor. „Das müsste hier nämlich super funktionieren.“

„Und wie sollen wir das anstellen?“, fragte Adam. „Etwa auf dem Hosenboden?“

Käpten Sturm schüttelte den Kopf und lächelte verschmitzt. „Nein, wir nehmen einen Schlitten ...“ Während er weitersprach, legte er die vier Rucksäcke auf das Eis und kettete sie zusammen. „Diese Rucksäcke sind etwas Besonderes. Sie sind eine Spezialanfertigung von mir. Schaut ...“, jetzt hob er die Unterseite eines Rucksacks ein wenig an, „ich habe die Rückseite mit flachen Kufen versehen. So kann man ganz prima auf ihnen einen Berg hinuntergleiten. Fast wie auf einem Schlitten.“

Brummel riss die Augen auf. „Du willst also auf Rucksäcken Schlitten fahren?"

„Nicht lange fragen – einfach machen!", rief Safira, die bereits Platz genommen hatte. „Also, ich glaube, diese Fahrt wird ein ganz großer Spaß. Los, steigt alle auf! Ich kann es kaum erwarten, damit den Berg hinunterzurutschen."

Nachdem sich alle auf den seltsamen Schlitten gesetzt hatten, ging es los. Und wie sich herausstellte, funktionierte dieser von Käpten Sturm erfundene Schlitten sogar noch viel besser als ein normales Modell. In einem Wahnsinnstempo sausten die vier Abenteurer über den Gletscher!

Bald hatten sie die Stelle erreicht, wo Seebär bereits ungeduldig auf sie wartete.

„Das hat Spaß gemacht!", strahlte Safira und warf sich vor lauter Glück in den Schnee. „Am liebsten würde ich gleich noch einmal fahren."

„Also, *ich* habe einen Bärenhunger", meinte Brummel. „Könnten wir nicht schnell etwas essen? Wir haben doch bestimmt noch Proviant übrig, auch wenn der Eintopf auf dem Boden gelandet ist."

Doch Käpten Sturm schüttelte energisch den Kopf. „Leute! Schlagt hier keine Wurzeln, sondern kommt!", forderte er die anderen auf. „Denkt dran, wir haben eine wichtige Mission zu erfüllen. Und das hier war gerade mal die erste Etappe der Wettfahrt um den Thron von Zakis. Wir müssen uns beeilen, sonst läuft uns die Zeit davon!"

Wenig später erreichten sie das kleine Dorf und gaben die Hundeschlitten wieder zurück. Sie verabschiedeten sich von den freundlichen Einheimischen und ruderten zur *Esmeralda.*

Niemand bemerkte, dass sie durch ein Fernrohr heimlich beobachtet wurden. Und keiner von ihnen sah das Segelschiff, das ihnen in einer versteckten Bucht auflauerte.

Spikos setzte das Fernglas ab und wandte sich an Rochos. „Sie haben tatsächlich den ersten Schatz zur *Esmeralda* gebracht. Wir müssen sofort etwas tun, sonst gewinnt Adam die Wettfahrt um den Thron von Zakis."

Doch Rochos schüttelte gut gelaunt den Kopf. „Nein, mein Lieber. Wozu jetzt schon Kopf und Kragen riskieren? Ich brauche diese Schätze nicht, um König von Zakis zu werden. Adam braucht sie."

„Und was unternehmen wir?"

Rochos grinste breit. „Erst einmal gar nichts! Wir lassen sie weiter nach den Schätzen suchen. Vielleicht stößt ihnen dabei ja etwas zu, dann wären wir Adam für immer los."

„Und wenn nicht?", fragte Spikos. „Adams Freunde haben immerhin unseren besten Agenten fertiggemacht. Mit denen ist nicht zu spaßen."

Aber Rochos schlug ihm auf die Schulter. „Lass mich nur machen, Spikos. Hahaha. Ich habe einen richtig guten Plan!"

8. Der zweite Schatz von Zakis

„Und wohin geht unsere Reise jetzt?", fragte Adam mit gerunzelter Stirn, als die *Esmeralda* wieder mit prallen Segeln Richtung Süden fuhr. „Ich verstehe nicht ganz, was in der Schriftrolle steht."

Käpten Sturm beugte sich nun auch über das Dokument und kniff die Augen zusammen. „Auf den ersten Blick sieht es wirklich so aus, als seien hier einige Buchstaben wahllos aneinandergereiht worden. Aber es handelt sich bestimmt um eine Geheimschrift. Wenn man den richtigen Code kennt, kann man sie leicht entschlüsseln."

„Was ist ein Code?", wollte Adam wissen.

„Es ist ein System, mit dem man verschiedene Zeichen einander zuordnen kann. Zum Beispiel: 1 ist gleich A, 2 ist gleich B und so weiter. Oder man vertauscht die Buchstaben des Alphabets miteinander."

„Das klingt spannend!", meinte Adam, während seine Augen zu funkeln begannen. „Ich werde gleich mal versuchen, ob ich diesen Code knacken kann!“

Versuche, diese Geheimschrift zu entziffern:

pzexqw fpq fk klotbdbk

fk abk ybodbk slk obfkb

fk bfkbo roxiqbk hfozeb

Es dauerte tatsächlich nicht lange, bis er herausgefunden hatte, was gemeint war. „Wir müssen nach Norwegen", erklärte er zufrieden. „In der Nähe von Reine gibt es in den Bergen eine uralte Kirche. Dort müssen wir nach dem zweiten Schatz suchen."

„Bravo!", sagte Käpten Sturm. Er stand auf und ging zu einem Schrank in seiner Kajüte. Ein Griff, und er hatte die passende Seekarte gefunden. Vorsichtig breitete er sie auf dem Tisch aus und betrachtete sie genau. Dann legte er den Zeigefinger auf einen bestimmten Punkt der Karte. „Hier müssen wir also hin. Zum Glück ist es nicht sehr weit. Wenn der Wind weiterhin so günstig steht, werden wir schnell dort sein."

Ein paar Tage später hatten sie ihr Ziel erreicht: das kleine Dorf Reine an der norwegischen Küste. Käpten Sturm, Adam und Safira verließen das Schiff, während Brummel und Seebär zurückbleiben sollten. „Warum können wir eigentlich nicht mitkommen?", erkundigte sich Brummel.

Käpten Sturm erklärte es ihm: „Wir dürfen nicht vergessen, dass Adams Onkel einen feindlichen Agenten zu uns geschickt hat. Der sitzt jetzt zwar hinter Schloss und Riegel. Aber es kann gut sein, dass Rochos so wütend ist, dass er uns höchstpersönlich verfolgt! Möglicherweise kommt er mit einem Schiff und greift die *Esmeralda* an. Und wenn das geschieht, will ich unbedingt, dass meine beiden stärksten Männer an Bord sind."

Seebär grinste und ballte seine Hand zur Faust. „Alles klar, sollen sie doch kommen."

Und Brummel schlug Seebär mit voller Wucht auf die Schulter. „Jawohl, wenn sie das versuchen, werden sie ihr blaues Wunder erleben!"

Nach einem längeren Fußmarsch, der hoch in die Berge führte, sahen Safira, Adam und Käpten Sturm ein Gebäude. In der Nähe des Gebäudes stand ein großes Kreuz aus Holz.

„Schaut mal! Dort oben ist die Kirche!", rief Safira begeistert. „Wir müssen nur noch auf den Felsen klettern."

Adam nickte. „Ja, wir haben es gleich geschafft."

„Abwarten", murmelte Käpten Sturm, dem etwas aufgefallen war, was die anderen noch nicht bemerkt hatten.

Tatsächlich dauerte es nicht lange, bis sie das Kreuz erreicht hatten. Doch zwischen dem Kreuz und der Kirche befand sich ein breiter Graben. Erstaunt gingen die drei Abenteurer näher an diesen Graben heran und schauten nach unten. Safira sträubten sich sofort die Nackenhaare, denn es handelte sich um eine besonders tiefe Schlucht. Und nirgends sah man eine Brücke!

„Wie sollen wir jetzt zu der Kirche gelangen?", fragte Adam.

Zunächst waren alle ratlos.

Wie gelangen unsere Freunde zur Kirche?

a) Über den Spalt springen.

b) Ein Seil verwenden.

c) Sich vor dem Kreuz niederknien und beten.

d) Ein Katapult bauen.

Während Safira und Käpten Sturm überlegten, wie sie dieses Problem lösen konnten, fiel Adam etwas ein. Er erinnerte sich daran, was sein Vater ihm beigebracht hatte: „Mein Sohn, wenn du mal nicht weiterweißt, dann knie dich hin und bete. Gott wird dir helfen."

Adam zögerte. Würde das wirklich etwas nützen? Aber andererseits konnte es ja nicht schaden, es einfach auszuprobieren!

Rasch ging Adam dichter an das Kreuz heran und kniete davor nieder. Dann bat er Gott im Flüsterton, ihnen zu helfen. Ein paar Sekunden später fiel sein Blick auf einige Worte, die jemand auf das Kreuz geschrieben hatte. Man konnte diesen unscheinbaren kleinen Text nur lesen, wenn man direkt vor dem Kreuz kniete. Adams Augen leuchteten auf. Er schaute zum Himmel hinauf und rief laut: „Danke!"

Safira und Käpten Sturm wandten sich erstaunt zu ihm um. „Danke? Warum sagst du Danke?"

„Das Kreuz ist die Lösung!", jubelte Adam.

„Was meinst du damit", fragte Safira. „Wie soll uns dieses Kreuz helfen?"

„Wir brauchen es, um auf die andere Seite zu gelangen", erklärte Adam. „Schaut: Der Graben ist etwa fünf Meter breit. Aber das Kreuz ist gut sechs Meter hoch. Es überwindet also die Schlucht, weil es größer ist. Versteht ihr jetzt, was ich meine?"

Käpten Sturm schlug sich an die Stirn. „Aber natürlich – wir nehmen das Kreuz als Brücke. Jetzt müssen wir es nur noch abmontieren und über den Graben legen."

Adam schüttelte den Kopf. „Nicht nötig. Wie ihr seht, kann man es ganz einfach nach unten klappen. Wie eine Zugbrücke. Kommt, helft mir mal dabei."

Tatsächlich gab es am Sockel des Kreuzes ein Scharnier, das man entriegeln konnte. Und dann ließ sich das Kreuz kippen. Gemeinsam gelang es den drei Abenteurern, den schweren Mittelbalken über die Schlucht zu legen. Jetzt war der Weg frei, und sie konnten auf die andere Seite gehen. Was für eine erstaunliche Lösung! Einfach genial, fanden alle drei.

Als sie die Kirche betraten, fingen Käpten Sturm und Adam sofort an, nach dem Schatz zu suchen. Safira dagegen hatte gleich eine Idee, wohin sie sich wenden musste.

Das große Holzkreuz war offenbar die einzige Möglichkeit, wie man die tiefe Schlucht überwinden konnte. Dann war das Kreuz, das ganz vorne in der Kirche stand, bestimmt ebenso wichtig.

Sie ging zum Kreuz am Altar und kauerte sich davor. Mit den Fingern tastete sie die raue Oberfläche ab. Und sie spürte bald, dass an der Rückseite etwas hervorragte. Ein kräftiger Druck auf diesen Punkt löste einen Mechanismus aus: Ein Geheimfach öffnete sich, in dem ein kleiner Lederbeutel lag.

Safira wollte den Beutel schon herausholen und schauen, was sich darin verbarg. Doch dann rief sie den anderen beiden zu: „Kommt mal schnell! Ich glaube, ich habe etwas gefunden."

Sofort eilten Käpten Sturm und Adam ebenfalls zum Kreuz. Adam kniete sich staunend davor und holte den Lederbeutel aus dem Geheimfach. Als er ihn öffnete, kam ein kleines goldenes Kreuz zum Vorschein. „Der zweite Schatz von Zakis! Wir haben ihn gefunden!", rief Adam glücklich.

Welche Silben gehören zusammen? Finde 8 Wörter. Eine Silbe bleibt übrig. Welche ist es? Markiere sie mit deinem Geheimstift.

ES

ME

SE

GE

EIS

NOR

SA

BÄR

RAL

FAHR

GEL

HEIM

WE

SEE

FI

HA

KAR

DA

RA

SCHIFF

TE

GE

GEN

Hast du alle Wörter gefunden? Wenn du nicht weiterkommst, suche mit deiner Geheimlampe auf Seite 82.

9. Wo befindet sich der dritte Schatz?

Käpten Sturm, Safira und Adam standen zusammen am Bug der *Esmeralda.* Der Fahrtwind wehte durch ihre Haare und sie schnupperten die frische, salzige Meeresluft.

„Du siehst sehr zufrieden aus, Adam", meinte Käpten Sturm lächelnd.

„Ich bin auch zufrieden. Alles läuft viel besser, als ich es mir vorgestellt hatte. Und ich habe die große Hoffnung, dass wir mit allen drei Schätzen rechtzeitig in London sein werden."

„Den dritten Schatz müssen wir aber erst noch finden", gab Safira zu bedenken. „Und wir wissen gar nicht, wo wir mit der Suche anfangen müssen."

Adam nickte. „Ja, das stimmt. Denn in der Schriftrolle gibt es keinen klaren Hinweis. Da stehen nur drei Buchstaben und drei Zahlen. Keine Ahnung, was das bedeuten soll."

„Wirklich?" Käpten Sturm runzelte die Stirn.

„Kommt, wir setzen uns in meine Kajüte und schauen uns das mal näher an."

Damit waren die anderen beiden sofort einverstanden. Sie folgten ihm in die geräumige, gemütlich eingerichtete Kapitänskajüte. Käpten Sturm holte die Schriftrolle aus einem Schrank und breitete sie auf dem Tisch aus. „Lasst mal sehen. Hier steht *SPR423.* Das ist in der Tat sehr seltsam. Was könnte das wohl bedeuten?"

Was hat SPR423 zu bedeuten?

a) Eine Adresse im Ort Springfield.

b) Ein Vers aus der Bibel.

c) Eine Nummer für ein Schließfach im Tower von London.

d) Eine Abkürzung für eine Markierung auf einer von Käpten Sturms Seekarten.

Für einen Moment grübelten alle darüber nach, wofür diese Zeichen stehen könnten.

Da hatte Safira plötzlich eine Idee. „Wisst ihr, was ich glaube?"

„Nein, schieß los!"

„Ich glaube, dass *SPR423*

ist. Aber jetzt habe ich leider keine Zeit mehr, sondern muss schnell weg. Seebär will mir nämlich beibringen, wie man den besten Eintopf der Welt kocht. Da darf ich auf keinen Fall zu spät kommen, sonst ist er eingeschnappt."

Käpten Sturm grinste. „Oh ja, einen Schiffskoch darf man nie verärgern, das weiß jeder gute Seefahrer. Und mit deiner Vermutung könntest du tatsächlich ins Schwarze getroffen haben!"

Nachdem Safira die Kajüte verlassen hatte, holte Käpten Sturm eine Bibel aus einem Regal. „Mir scheint, dass Safira recht hat. Denn *SPR* könnte die Abkürzung für das *Buch der Sprüche* sein. Die Zahlen würden dann Kapitel und Vers angeben. Da das Buch der Sprüche keine 42 Kapitel hat, muss wohl Kapitel 4 gemeint sein.

Und die 23 bezeichnet dann einen Vers in diesem Kapitel."

„Sprüche 4, Vers 23 also?", vergewisserte sich Adam.

Käpten Sturm nickte und las vor: „Vor allem aber behüte dein Herz, denn dein Herz beeinflusst dein ganzes Leben."

Adam überlegte. Er erinnerte sich, dass sein Vater ihm einmal genau denselben Bibelvers vorgelesen hatte. Und dann hatte er ihm eine Kette um den Hals gehängt und gesagt: „Pass gut darauf auf, mein Junge!"

Das hatte Adam getan: Er hatte die Kette seither immer getragen. Ein kleines Herz hing daran. Adam griff danach und nahm die Kette ab. „Das stammt von meinem Vater. Er hat mir eingeschärft, dass ich gut darauf aufpassen soll", erklärte er Käpten Sturm. „Es ist mir wieder eingefallen, weil es in diesem Bibelvers ja auch um ein Herz geht.

Könnte es ... könnte es vielleicht sein, dass uns diese Kette zum ..."

„... zum dritten Schatz führt?", vollendete Käpten Sturm den Satz.

Aufgeregt untersuchte Adam das Herz genauer. Und dabei merkte er, dass es sich bei diesem Anhänger um ein Medaillon handelte. Das bedeutete, dass sich das Herz aufklappen ließ! Das hatte er bisher noch nie probiert, doch nun gelang es ihm sofort. Ein winzig kleines Pergament kam zum Vorschein.

Adam nahm es heraus, faltete es auseinander und versuchte, die darauf geschriebenen Worte zu lesen. Aber die Buchstaben waren so klein, dass er sie nicht entziffern konnte. „Wir brauchen eine Lupe", stellte er fest.

Käpten Sturm öffnete eine Schublade, kramte darin herum und hatte kurz darauf eine Lupe gefunden.

Damit konnte Adam die winzige Schrift lesen. Er atmete tief durch. „Ich weiß jetzt, wohin wir als Nächstes fahren müssen", sagte er langsam. „Aber das, was hier von mir verlangt wird, bringe ich nicht fertig. Nein, das ist einfach unmöglich!"

„Was denn?", fragte Käpten Sturm.

„Das ist nicht so einfach zu erklären. Aber hör zu ..."

Adam erzählte Käpten Sturm eine längere Geschichte und endete mit den Worten: „Verstehst du jetzt, was ich meine?"

Kannst du mithilfe einer Lupe lesen, was auf dem Papier in Adams Medaillon steht? Finde dafür zuerst die markierten Buchstaben. Sie ergeben die Lösung.

Jos enia dolupta quisciur maiore nisqui Fodi quodis rata tur rerum sant in nos est, unhist eatem ium es cusam as sehionectius nestiarest aute autem sunt moluptae nimpo ritate consequ issuntis entiberatia ant qui nulpa parum autem cum et quatius que sehquis am ducitam faccus magnat volorias niae. Ut autatenis Simi, nullibus dolcumqu iatenhus dict optaten daesershperum quatem. Ent ab in rerspedio ditis de dunt aliquodipit, ommodiaeclo ea con et laborru mquosa quaecti doluptur minihitiur? Odi de lacim aspit aut la doles nullabo rporion cus non ed que prempore ex eha ellenda muscids et ilia quatatibus qui faliandae et abo. Oam, officil kament kes out roditateom et harus.

Käpten Sturm nickte. „Ja, das wird schwer werden, und zwar nicht nur für dich."

Ein paar Tage später

Es war Mitternacht. Safira, Adam und Käpten Sturm standen auf einem Hügel in Schottland und blickten auf eine finstere Burg.

„Kann mir jemand sagen, warum wir hier sind?", erkundigte sich Safira.

Käpten Sturm schaute Adam an. Der nickte und begann zu erklären: „Die Sache ist kompliziert. Also, in dieser Burg wird ein Onkel von mir gefangen gehalten. Sein Name ist Okoros. Meiner Meinung nach hat er es verdient, dort im Kerker zu sitzen."

„Warum?", fragte Safira.

„Er ist schuld am Tod meiner Mutter. Einzig und allein durch seine Feigheit musste sie sterben. Deshalb hasse ich ihn, seit ich denken kann. Und mein Leben lang habe ich mir gewünscht, dass er für seine Feigheit bestraft wird."

„Und darum ist er jetzt hier?"

„Nein, dass mein Onkel in diesem Kerker sitzt, hat nichts mit dem Tod meiner Mutter zu tun. Er hatte einfach nur Pech und wurde von *Roland dem Finsteren* gefangen genommen."

Safira runzelte die Stirn. „Das verstehe ich nicht. Warum willst du ihn denn befreien, wenn er es verdient hat, eingesperrt zu sein?"

Adam holte tief Luft. „Weil mein Vater mich darum gebeten hat, Okoros zu helfen und ihm schließlich sogar zu vergeben."

„Stand das auf dem Pergament, das in diesem Medaillon gesteckt hat?"

„Ja!"

„Und was hat das alles mit dem dritten Schatz zu tun?“

„Ich weiß es nicht. Aber in dem Brief von meinem Vater heißt es ganz zum Schluss: ‚Adam, wenn du König von Zakis werden willst, dann musst du Okoros von Herzen vergeben. Ich hab dich lieb, mein Sohn.‘“ Nun stiegen Adam Tränen in die Augen. „Und weil ich meinen Vater ebenfalls sehr lieb gehabt habe, will ich ihm diesen letzten Wunsch erfüllen. Obwohl es mir schwerfällt. Also werden wir Okoros befreien.“

„Sollten wir uns nicht zuerst um den dritten Schatz kümmern?“, meinte Safira.

Adam schüttelte den Kopf. „Nein, ich glaube, ich muss zuerst das tun, was mein Vater mir aufgetragen hat.“

„Und warum habt ihr mich mitgenommen?“, wollte Safira wissen.

„Du wirst uns dabei helfen, in die Burg zu gelangen“, antwortete Käpten Sturm.

Wie gelangen die drei in die Burg? Durch das Tor, über eine Seilrutsche, durch einen geheimen Tunnel, oder klettern sie die Mauer hoch?

Überlege zuerst, bevor du deine Entdeckerlampe zu Hilfe nimmst.

10. Befreiung in der Nacht

Safira war eine unglaublich begabte Zirkusartistin. Das hatte sie schon mehrfach bewiesen. Doch als sie jetzt am Fuß der Burgmauer stand, klopfte ihr Herz ein wenig schneller. Was sie vorhatte, war riskant. Denn die Mauer war durch den ständigen Regen, der hier im schottischen Bergland fiel, sehr glitschig. Safira musste also besonders aufpassen, dass sie nicht abrutschte.

Sie atmete noch einmal tief durch. Dann griff sie nach einem hervorstehenden Mauerstein und begann, ganz langsam hinaufzuklettern, Stück für Stück. *Nur nicht nach unten schauen*, dachte sie.

Adam, der Safira beobachtete, traute kaum seinen Augen. Was diese Elfjährige fertigbrachte, war einfach unglaublich!

Es dauerte nicht lange, bis Safira oben angekommen war. Schnell schaute sie sich um. Doch weit und breit war niemand zu sehen. Die Luft war rein! Jetzt holte Safira ein leichtes Seil aus ihrem Rucksack. Sie hielt das eine Ende fest und

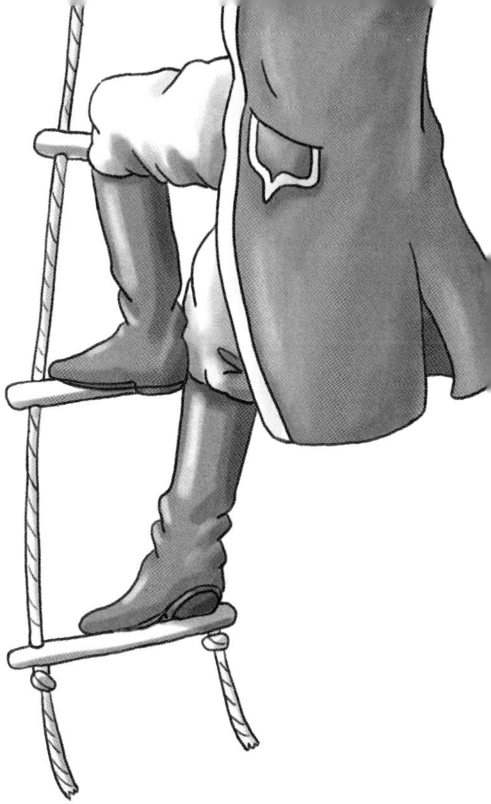

warf das andere Ende nach unten, Käpten Sturm direkt vor die Füße.

Er hob es auf und knotete eine Strickleiter daran, die Safira nun zu sich heraufzog. Nachdem sie die Strickleiter an einem Eisengitter in der Mauer befestigt hatte, gab sie den anderen beiden ein Zeichen.

Mithilfe der Leiter war es für Käpten Sturm und Adam kein Problem, ebenfalls hinaufzusteigen. Doch kaum standen alle drei in der Burg, wurde es bereits gefährlich.

„Pssst!", zischte Safira. „Seht ihr den Wachmann dort hinten?" Rasch versteckten sie sich in einer Nische und warteten darauf, dass der Wachmann vorbeiging.

„Hoffentlich entdeckt er uns nicht", flüsterte Adam.

Der Mann kam immer näher. Schließlich war er nur noch ein paar Schritte von ihnen entfernt. Und da passierte es: Er sah die Eindringlinge. Sofort wandte er den Kopf, um seine Entdeckung zu melden. Er holte tief Luft und wollte laut schreien. Doch dazu kam er nicht mehr. Denn Käpten Sturm sprang blitzschnell auf ihn zu und hielt ihm mit einer Hand den Mund zu. Mit der anderen Hand verpasste er ihm einen harten Schlag. Da sank der Wachmann bewusstlos zu Boden.

„Puh, das ist ja gerade noch einmal gut gegangen", schnaufte Adam. Er zeigte auf einen Turm, der nicht weit von ihnen entfernt war. „Dort müsste der Kerker sein, denke ich. Nur, wie sollen wir da reinkommen?"

Käpten Sturm tastete den Wachmann ab. Als er fand, wonach er gesucht hatte, fing er an zu grinsen. „Mit dem Schlüssel, den uns dieser freundliche Herr hier netterweise vorbeigebracht hat. Ich werde diese idyllisch gelegene Burg auf jeden Fall als Reiseziel weiterempfehlen: Guter Service hier."

Alle lachten leise. Wenig später standen sie vor dem Kerker. Käpten Sturm schloss die Tür auf und schaute hinein. Ein Mann mit langem Bart und zerzaustem Haar blickte ihn erstaunt an. „Was wollen Sie hier mitten in der Nacht?", fragte er.

„Sind Sie Okoros von Zakis?"

„Ja, der bin ich."

„Wir sind gekommen, um Sie zu befreien", erklärte Käpten Sturm.

Adams Onkel schien sein Glück gar nicht fassen zu können. „Auf diesen Tag warte ich schon so lange. Danke, danke, danke!", flüsterte er.

Es gelang ihnen, unbemerkt die Burg zu verlassen. Und eine halbe Stunde später saßen sie bereits wieder auf den Pferden, die sie in der Nähe angebunden hatten. Ein freundlicher Bauer hatte ihnen diese Tiere geliehen und ihnen vorsorglich auch eines für Adams Onkel mitgegeben.

Nun ritten Okoros und sein Neffe dicht nebeneinander.

„Ich weiß gar nicht, was ich sagen soll, Adam. Ich kann es einfach nicht glauben, dass ausgerechnet *du* mein Befreier bist", sagte Okoros leise. „Weißt du, seitdem das mit deiner Mutter passiert ist, kann ich mir selbst nicht mehr in die Augen schauen." Er schluckte, bevor er weiterredete. „Jeden Tag mache ich mir Vorwürfe. Als deine Mutter und ich damals in den Bergen von einem Steinschlag überrascht wurden, hätte ich ihr sofort helfen müssen. Sie wurde verschüttet, aber ich hätte sie retten können. Stattdessen habe ich nur daran gedacht, mich selbst in Sicherheit zu bringen. Und dann war es zu spät." Beschämt drehte Okoros den Kopf zur Seite. „Warum hilfst du mir, obwohl du mich doch eigentlich hassen müsstest?"

Adam schwieg einen Moment. Dann sagte er: „Ich habe lange darüber nachgedacht, warum mein Vater wollte, dass ich dir zur Flucht verhelfe. Für ihn war es doch auch ganz furchtbar, dass meine Mutter gestorben ist. Und bestimmt war

er dir am Anfang sehr böse. Aber dann wurde ihm klar, dass jeder Mensch Mitgefühl und Vergebung braucht. Wenn man anderen Menschen nicht vergeben will, wird das eigene Herz ganz hart. Und das möchte Gott nicht, so steht es in der Bibel." Adam hielt kurz inne. „Mein Vater war ein guter König, und ich möchte mir ihn zum Vorbild nehmen. Deshalb habe ich mich entschlossen, dir dieses Unrecht nicht länger nachzutragen. Ich bin dir nicht mehr böse."

Okoros' Augen leuchteten auf. Er konnte kaum glauben, was er da hörte.

Auch Safira und Käpten Sturm, die alles mitbekommen hatten, freuten sich sehr. Wie wunderbar, dass Adam den Hass auf seinen Onkel überwunden hatte!

Als sie etwas später eine kurze Rast einlegten, blickte Okoros die drei Freunde der Reihe nach an. „Ich stehe tief in eurer Schuld", erklärte er. „Danke, dass ihr mir geholfen habt! Und jetzt werde ich euch das geben, wonach ihr sucht."

Er zog seinen Schuh aus, entfernte am Absatz die Sohle und holte einen kleinen Lederbeutel heraus. Diesen reichte er Adam. „Du wirst ein würdiger Nachfolger meines Bruders sein, davon bin ich fest überzeugt!"

Verblüfft schaute Adam ihn an. Dann öffnete er den Lederbeutel und holte einen Gegenstand heraus. „Der dritte Schatz! Ein goldenes Herz."

„Wie schön!", jubelte Safira, und Käpten Sturm lächelte zufrieden.

„Ja, ein goldenes Herz für ein hartes Herz, das endlich weich geworden ist", sagte Adam staunend. „Danke, Okoros!"

Als sie eine Stunde später die Bucht erreichten, in der die *Esmeralda* vor Anker lag, hielt Adam das goldene Herz immer noch fest in der Hand. Er strahlte vor Glück. Zusammen mit seinen Freunden hatte er es tatsächlich geschafft: Er hatte die drei verschollenen Schätze von Zakis entdeckt. Jetzt musste er noch herausfinden, was für eine Bedeutung sie hatten. Und dann musste er nach London reisen, um die Schätze den Ältesten von Zakis zu übergeben.

Die Pferde wurden ihrem Eigentümer zurückgebracht. Anschließend stiegen die Freunde in ein Ruderboot, um zur *Esmeralda* überzusetzen.

Rochos setzte das Fernglas ab. Seine Augen glühten vor Zorn. „Freu dich nicht zu früh, Adam", knurrte er. „Du wirst niemals in London ankommen!" Er trommelte die Mannschaft seines Schiffes zusammen. „Sobald ich euch den Befehl erteile, greift ihr die *Esmeralda* an und versenkt sie!", befahl er.

Alle Matrosen nickten. Denn jeder wusste, dass Rochos keinen Widerspruch duldete.

Dieser wandte sich jetzt an Spikos und ein paar andere Männer. „Und wir holen uns Adam und die drei Schätze von Zakis – noch vor Sonnenaufgang!"

1. Wo liegt London?

a) in England

b) in Deutschland

c) in Schottland

d) in Frankreich

2. Wie viele der Ältesten von Zakis erwarten Adam in London?

a) 4

b) 2

c) 3

d) 5

3. Wer hat den Wachmann auf der Burg überwältigt?

a) Safira

b) Käpten Sturm

c) Adam

d) Rochos

4. Wie alt ist Safira?

a) neun

b) zehn

c) elf

d) zwölf

11. Der Angriff

Es war noch mitten in der Nacht, als Käpten Sturm, Safira, Adam und Okoros an Bord gingen. Weil ein Großteil der Mannschaft schlief, wurden sie nur von den Wachen des Schiffs begrüßt.

Doch Käpten Sturm weckte sofort ein paar ausgewählte Matrosen und gab ihnen Befehle: „Segel setzen! Kurs Richtung Süden! Auf nach London! Und wenn ihr alles Nötige getan habt, könnt ihr euch wieder ausruhen. Nur der Steuermann muss wach bleiben."

Alles lief so, wie Käpten Sturm es angeordnet hatte. Als sich die *Esmeralda* mit prallen Segeln auf Kurs befand, legten sich fast alle wieder in ihre Kojen und schliefen noch einmal ein.

Niemand bemerkte, dass sich ein paar finstere Gestalten auf der *Esmeralda*

versteckt hatten. Sie waren zum Schiff geschwommen, hatten ein Seil mit einem Enterhaken über die Reling geworfen und waren leise hinaufgeklettert. Auch das Segelschiff, das der *Esmeralda* in sicherem Abstand folgte, fiel niemandem auf.

Adam konnte nicht schlafen. Deshalb saß er vorne am Bug und dachte darüber nach, was er in den letzten Wochen alles erlebt hatte. Er war glücklich. In seiner Hand hielt er ein kostbar verziertes Kästchen.

Safira hatte es ihm kurz zuvor gegeben, weil sie nicht mit ansehen konnte, dass er die drei Schätze einfach so mit sich herumtrug. Sie hatte die drei goldenen Gegenstände vor seinen Augen in das Kästchen gelegt.

Adam lächelte vor sich hin. Wie es schien, würden sie genau rechtzeitig in London ankommen. Und dann hatte er die Wettfahrt um den Thron von Zakis gewonnen.

Nein, noch nicht ganz. Er musste erst noch herausfinden, was für eine Bedeutung die drei Gegenstände hatten. „Eine Frucht, ein Kreuz und ein Herz", murmelte er nachdenklich. „Woran erinnern mich diese Dinge nur?" Da fiel ihm wieder ein, dass sein Vater ihm früher oft Geschichten aus der Bibel vorgelesen hatte. Und er hatte ihm auch erklärt, dass das keine Märchen waren. Nein, Gott redete durch die Bibel zu den Menschen. Deshalb konnte man aus den biblischen Geschichten immer etwas für das eigene Leben lernen.

Als Adam gerade begriff, was die drei Gegenstände bedeuten konnten, packte ihn plötzlich jemand von hinten. Ein Knebel wurde ihm in den Mund gesteckt, sodass er nicht schreien konnte. Dann stülpte ihm jemand einen Sack über den Kopf und er wurde an Händen und Füßen gefesselt. Als Nächstes wurde Adam in ein Ruderboot verfrachtet, das sofort zu Wasser gelassen wurde. Es legte von der *Esmeralda* ab und steuerte in Richtung des Segelschiffs, das ihnen folgte.

Auch Safira konnte in dieser Nacht nicht schlafen. Es war ungewöhnlich warm für die Jahreszeit. Deshalb lag sie wieder einmal in ihrer Hängematte, die sie weit oben in der Takelage des Schiffs aufgespannt hatte. Hier war ihr Lieblingsplatz auf der *Esmeralda.* Denn von hier aus konnte sie den Sternenhimmel noch viel besser betrachten als von unten. Allerdings dämmerte es inzwischen bereits, es wurde langsam heller.

Plötzlich hörte Safira ein Geräusch unter sich. Sie schaute über den Rand der Hängematte aufs Deck des Schiffes hinunter. Was war das? Vor lauter Entsetzen riss Safira den Mund auf. Sie musste hilflos mit ansehen, wie Adam entführt wurde. Das war ja schrecklich, was da passierte! Was sollte sie nur tun?

Ja, was würdest du an Safiras Stelle tun?

a) Laut schreien, damit die Mannschaft der Esmeralda aufwacht.

b) Brummel, Seebär und Käpten Sturm leise wecken.

c) Selber versuchen, Adam zu retten.

d) Oder hast du eine eigene Idee?

Schreibe mit deinem Geheimstift auf, was du an Safiras Stelle tun würdest. Aber Vorsicht! Die Angreifer dürfen dich nicht bemerken!

Es gab keine Möglichkeit für Safira, Adam zu befreien. Und als sie sich umschaute, stellte sie fest, dass noch weitere Feinde an Bord waren. Sie musste unbedingt ihre Freunde warnen!

Wie eine Spinne an einem Faden ließ sie sich an einem Seil nach unten. Auf Deck angekommen, schlich sie sich unbemerkt an den fremden Matrosen vorbei. Drei von ihnen hatten Äxte in der Hand. Safira ahnte, was sie vorhatten, und beeilte sich umso mehr.

Schnell stürmte sie in die Kajüte von Brummel und Seebär und weckte die beiden. Sie erklärte ihnen ganz kurz, was passiert war, und schloss mit der Aufforderung: „Kümmert euch bitte zuerst um die Männer da draußen. Denn ich glaube, die wollen mit ein paar Äxten unser Schiff kaputt machen."

Das ließen sich Brummel und Seebär nicht zweimal sagen. Während Safira zu Käpten Sturms Kajüte lief, marschierten die beiden Haudegen bereits an Deck. Drei kräftige Männer holten gerade mit ihren Äxten aus, um die Segelmasten umzuhauen. Zwei weitere bewachten den Steuermann der *Esmeralda* und wollten ihn fesseln und knebeln.

„Das würde ich mal lieber bleiben lassen, ihr Knalltüten!", rief Seebär.

„Genau!", bestätigte Brummel. „Denn auf der *Esmeralda* ist es Sitte, dass man sich bei seiner Arbeit streng an die richtige Reihenfolge hält."

Ihre Gegner hielten verblüfft inne. „Und? Wie sieht die richtige Reihenfolge aus?", fragte einer von ihnen amüsiert.

„Erst müsst ihr uns beide vermöbeln. Und wenn euch das gelingt, dann dürft ihr mit dem Holzhacken weitermachen. Unseren Steuermann könnt ihr so lange in Ruhe lassen. Der stellt ohnehin nichts an!"

Einer der Männer wollte etwas sagen. Aber dazu kam er gar nicht mehr. Denn Brummel und Seebär stürmten wie zwei wild gewordene Wiesel auf die Eindringlinge zu und verdroschen sie nach Strich und Faden. Dann packten sie einen nach dem anderen am Kragen und warfen ihn über Bord. Als alle Feinde im Wasser gelandet waren, schlugen sich die beiden Freunde vergnügt gegenseitig auf die Schulter. „Denen haben wir es aber gezeigt, Brummel."

„Genau, Seebär."

„Die Masten sind glücklicherweise unbeschädigt", stellte Käpten Sturm fest, der längst an Deck gekommen war und mit Safira zusammen das Schauspiel beobachtet hatte. „Das habt ihr prima gemacht!", lobte er nun. „Aber wir haben leider noch zwei weitere Probleme."

„Welche?", fragte Seebär.

„Rochos' Leute haben Adam entführt. Schaut – dort vorne fahren die Übeltäter in einem Ruderboot. Sie versuchen anscheinend, das Segelschiff hinter uns zu erreichen."

„Und was ist das zweite Problem?", wollte Brummel wissen.

Welches Problem könnte der Mannschaft Ärger bereiten?

„ !“

Käpten Sturm hatte noch nicht ausgeredet, da hörten sie schon den ersten Schuss einer Kanone. Doch glücklicherweise war das gegnerische Schiff noch zu weit von ihnen entfernt, sodass die Kugel im Wasser landete.

Mittlerweile war die ganze Mannschaft der *Esmeralda* auf den Beinen.

„Steuer hart Backbord!“, befahl Käpten Sturm. „Die Kanonen laden und auf das feindliche Schiff ausrichten! Feuer!“

Die Matrosen gehorchten seinen Anweisungen. Und sie machten ihre Sache gut. Denn im Gegensatz zu den feindlichen Kanonenkugeln trafen alle Geschosse der *Esmeralda* ihr Ziel. Eine Kugel zerschmetterte sogar den Fockmast, und zwei weitere beschädigten die beiden restlichen Masten so sehr, dass sie umknickten.

Safira wunderte sich. „Boynen, warum fliegen unsere Geschosse eigentlich viel weiter als die unserer Gegner?“

Der Käpten schmunzelte zufrieden. „Unsere Kanonen sind eine Spezialanfertigung von mir.

Sie sind viel treffsicherer als normale Kanonen. Und wir verwenden besseres Schießpulver. Dadurch fliegen unsere Kugeln weiter."

Wenig später war der Rumpf des feindlichen Segelschiffes völlig durchlöchert. Es begann zu sinken und die Besatzung musste über Bord springen. Glücklicherweise war Land in Sicht, sodass die Matrosen sich dorthin retten konnten.

Die Mannschaft der *Esmeralda* jubelte laut über den Sieg und rief: „Unser Käpten lebe hoch!"

Der bedankte sich und gab sofort einen neuen Befehl: „Und jetzt kümmern wir uns um das Ruderboot dort drüben."

Die *Esmeralda* machte einen Bogen und schnitt dem Ruderboot den Weg ab. Es hatte keine Möglichkeit mehr, das sichere Ufer zu erreichen. Und da das feindliche Schiff bereits untergegangen war, blieb den Entführern nichts anderes übrig, als sich zu ergeben.

Mit finsterem Blick starrten Rochos, Spikos und ein dritter Mann auf Brummel und Seebär, die von der *Esmeralda* aus in ihr Boot sprangen. Sich mit diesen bärenstarken Seeleuten anzulegen, hatte wohl keinen Zweck. Das sahen sie sofort ein, deshalb ließen sie sich ohne Weiteres fesseln.

Als Brummel und Seebär mit Adam und den Gefangenen an Bord der *Esmeralda* kamen, wurden sie jubelnd begrüßt. Doch anstatt sich wie alle anderen zu freuen, schaute Adam traurig zu Boden.

„Was ist denn los? Bist du verletzt?“, erkundigte sich Käpten Sturm besorgt.

„Nein, mir geht es gut“, erwiderte Adam. „Aber Rochos hat meine kleine Schatzkiste, in der ich die drei Schätze von Zakis aufbewahrt hatte, ins Meer geworfen.“

Alle Umstehenden schwiegen betroffen. Nur Rochos lachte höhnisch: „Hahaha! Jetzt habe ich doch noch gewonnen und werde König von Zakis!“

Wie viele Personen hatte Rochos angeheuert, um Adam zu verfolgen?

Fünf Matrosen sprangen vom durchlöcherten Segelschiff und schwammen an Land.

__________ Personen hatten Adam entführt und befanden sich während der Schlacht im Ruderboot. Tipp: Das steht auf Seite 113.

Männer wurden von Brummel und Seebär ins Wasser geworfen, weil sie die Esmeralda überfallen hatten. Tipp: Das steht auf Seite 109.

12. Der neue König von Zakis

Die Abenteurer waren bestürzt. Wie schrecklich, dass Adam am Ende doch noch verloren hatte.

„Ich war so nah dran!“, jammerte er.

Da trat Safira lächelnd auf ihn zu.

„Warum grinst du so?“, schimpfte Brummel. „Siehst du nicht, dass Adam traurig ist, weil alles schiefgegangen ist?“

Doch Safira ließ sich nicht beirren, sondern griff mit einer Hand in ihre Hosentasche. „Suchst du vielleicht das hier?“, fragte sie kichernd, während sie drei goldene Gegenstände herauszog.

Alle starrten sie verblüfft an. Konnte Safira etwa zaubern? Hielt sie da tatsächlich die drei verschollenen Schätze von Zakis in der Hand?

Adam rieb sich die Augen. „Woher … woher hast du die?“, stotterte er.

„Ich habe sie dir geklaut und ein paar Steine in deine kleine Schatzkiste gesteckt, damit du es nicht bemerkst.“

„Safira, wie konntest du nur?!“, rief Käpten Sturm amüsiert und erleichtert zugleich. Diese kleine Zirkusartistin hatte es wirklich faustdick hinter den Ohren!

„Ich fand es nämlich ganz schön leichtsinnig von dir, dass du mit diesen wertvollen Schätzen einfach so da draußen herumläufst“, erklärte Safira nun. „Deshalb habe ich sie ausgetauscht und sicher in meiner Kajüte verwahrt.“

Adam begann zu strahlen, ging auf Safira zu und umarmte sie. „Du bist ein kluges Mädchen, Safira. Danke!“

Dann wandte er sich an Käpten Sturm, Brummel, Seebär und den Rest der Mannschaft: „Und danke an euch alle. Ihr seid wahre Helden!“

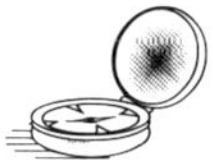

Finde den kürzesten Weg nach London zur Tower Bridge!

Ein paar Tage später

In London traf sich Adam auf der Tower Bridge mit den Ältesten von Zakis. Als er auf die drei Männer zuging, klopfte sein Herz vor Aufregung. Endlich war der große Tag gekommen!

Käpten Sturm, Safira, Brummel, Seebär und Okoros hatten Adam hierher begleitet.

Der Wortführer der Ältesten begrüßte ihn: „Thronfolger Adam! Hast du die Schätze von Zakis bergen können?"

„Ja, ehrenwerte Älteste von Zakis. Ich habe die Schätze gefunden. Hier sind sie."

Die Männer nickten zufrieden und bewunderten die kostbaren Gegenstände, die Adam ihnen überreichte.

„Und kannst du uns auch sagen, was für eine Bedeutung diese Gegenstände haben?"

Adams Augen leuchteten auf. „Ja, das kann ich."

„Dann sprich!"

Zuerst zeigte Adam auf die goldene Frucht. „Als ich diese goldene Frucht aus der Schale im

Eispalast genommen habe, hat das eine wahre Katastrophe ausgelöst. Durch mein unbedachtes Handeln ist der Eispalast in sich zusammengestürzt, und der Rückweg war uns abgeschnitten."

Adam hielt kurz inne, bevor er fortfuhr: „Diese goldene Frucht erinnert an etwas, das vor langer Zeit im Paradies passiert ist. Dort haben die ersten beiden Menschen, Adam und Eva, eine verbotene Frucht gepflückt und davon gegessen.

Das war falsch, weil Gott es ihnen ausdrücklich verboten hatte. Die beiden Menschen haben einer Schlange mehr vertraut als Gott, ihrem Schöpfer. Und diese schlechte Entscheidung hat letztendlich Tod und Verderben in die Welt gebracht."

„Richtig", bestätigten die drei Ältesten. „Das hast du sehr gut erklärt. Und was für eine Bedeutung hat nun der zweite Gegenstand – das goldene Kreuz?"

Hast du nachgemessen, welcher der kürzeste Weg ist?

„Um den zweiten Schatz zu finden, mussten wir einen tiefen Abgrund überwinden, der zwischen uns und einer Kirche lag. Aber mithilfe eines großen Holzkreuzes ließ sich diese Schlucht überbrücken.

Das Kreuz ist ein Symbol für das, was Gott für uns Menschen getan hat. Gott war nämlich traurig, dass die Menschen von ihm getrennt waren. Deshalb hat er selbst eingegriffen. Er hat seinen Sohn, Jesus Christus, in die Welt geschickt. Der wurde an ein Kreuz genagelt und ist an unserer Stelle bestraft worden.

Wir brauchen also keine Angst mehr vor Gottes Strafe zu haben. Wenn wir Gott darum bitten, vergibt er uns alles, was wir falsch gemacht haben."

Die Ältesten nickten feierlich und sahen einander mit leuchtenden Augen an.

„Und was hat der dritte Gegenstand für eine Bedeutung?"

„Um an den dritten Schatz zu kommen, musste ich einem anderen Menschen verzeihen. Erst dachte ich, dass ich das nicht fertigbringe. Aber mit Gottes Hilfe war es dann doch möglich."

Adam machte eine kurze Pause, bevor er weiterredete. „Das goldene Herz soll uns daran erinnern, dass wir kein hartes, stolzes Herz haben sollen. Jeder von uns braucht Gottes Liebe und Vergebung, deshalb sollen wir uns auch gegenseitig vergeben."

Die Ältesten strahlten.

„Das stimmt alles, Adam. Dein Vater wäre stolz auf dich", erklärte der Wortführer. „Du bist ein würdiger Nachfolger. Denn du hast bereits bewiesen, dass du ein guter König von Zakis sein wirst. Eine Frage haben wir aber noch."

Die drei Männer schauten einander an, bevor sie ihren Blick wieder auf Adam richteten. „Was geschieht mit deinem Onkel Rochos, der dir den Thron streitig machen wollte? Wie wir gehört haben, hat er dich sogar entführt und befindet sich inzwischen glücklicherweise hinter Schloss und Riegel."

Adam brauchte nicht lange zu überlegen. „Wenn er wirklich bereut, was er getan hat, und sich ändert, dann werde ich ihn begnadigen."

„Du hast weise gesprochen, König Adam. Es lebe der neue König von Zakis!", rief der Wortführer.

„Ja, es lebe der neue König von Zakis!“, wiederholten alle anderen.

Adam lächelte. „Die Wettfahrt um den Thron von Zakis hätte ich niemals allein gewinnen können. Was Käpten Sturm und seine Mannschaft für mich getan haben, werde ich ganz sicher nicht vergessen. Vielen Dank euch allen! Ich werde für immer euer Freund sein!“

Käpten-Sturm-Eignungstest

Hast du genau aufgepasst und dir alles gemerkt? Dann löse das Kreuzworträtsel auf der nächsten Seite!

Die markierten Buchstaben ergeben die Lösung:

1	2	3	4

5	6	7	8	9	10

1. Einer von Käpten Sturms Vornamen

2. In welchem Land war der erste Schatz zu finden?

3. Der erste Schatz war eine ...

4. In welchem Land war der zweite Schatz versteckt?

5. Der zweite Schatz war ein ...

6. In welchem Land befand sich der dritte Schatz?

7. Wie hieß Adams böser Onkel?

8. Was war Seebärs Aufgabe auf dem Schiff?

9. Wie lautet Safiras Nachname?

10. Wie heißt Käpten Sturms Schiff?

11. Welche Form hat der dritte Schatz?

12. In welchem Ort lebt Käpten Sturm?

13. In welche Stadt musste Adam die drei Schätze bringen?

14. Wo befand sich Safira, als Adam entführt wurde?

Wenn dir ein Wort gar nicht einfällt, findest du Tipps auf der nächsten Seite.

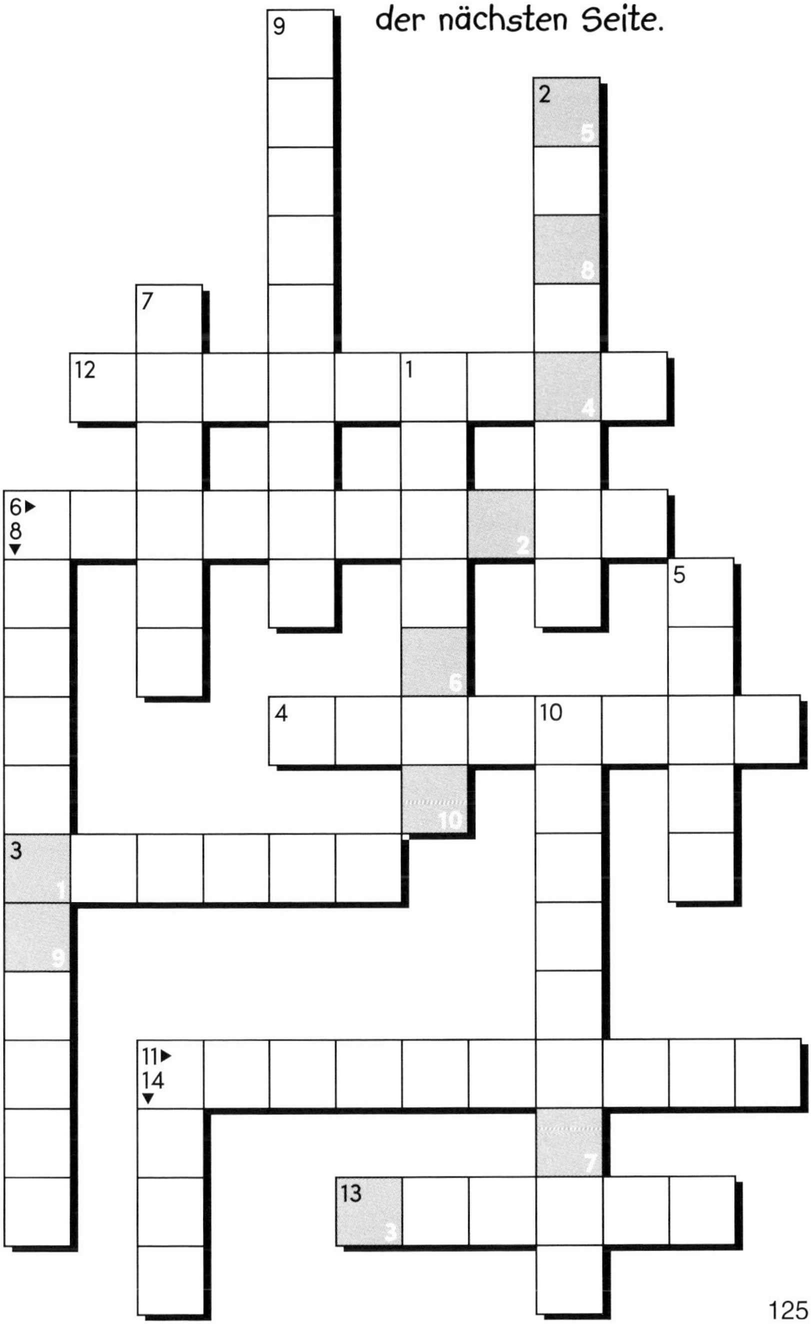

10.

4.

14.

13.

2.

5.

8.

12.

1.